기도

기도

초판 1쇄 | 발행 2024년 5월 15일

지 은 이 | 수　경
펴 낸 이 | 임지이
책임편집 | 임지이
디 자 인 | 박정화
마 케 팅 | 김옥재

펴 낸 곳 | ㈜엘도브
출판등록 | 2023년 6월 28일 제2023-000074호
주　 소 | 경기도 파주시 아동로7 4층 다40호
이 메 일 | ailesdaube@gmail.com

값 17,000원
ISBN 979-11-984277-2-4　 03810

ⓒ 수경

기 도

수 경

엘도브

사바라고 하는 세계는
괴로울 수밖에 없습니다.
업력으로 돌아가는 세계이기 때문입니다.
자신의 업이든 공업이든
감내할 수밖에 없습니다.
그것이 우리의 삶입니다.
그것이 곧 실존이지요.
업의 문제를 그대로 둔 채
아무리 고상한 말로 이상을 이야기하고
깨달음을 말해 봤자,
공허한 언어의 성찬에 지나지 않습니다.
우리가 기도해야 하는 이유입니다.
기도를 통해 괴로움의 원인을 성찰하고,
기도로써 업의 파도를 헤쳐 나갈
용기와 힘을 얻고,
어떻게든 한세상
살아가고 살아지고 하는 것이지요.
이것이야말로 정녕 창조적 삶이 아닐까 합니다.
그래서 기도하자는 것입니다.

2024년 부처님 오신 달
수경 정례

차례

I 수경 스님의 기도 이야기

II 기도문

III 오체투지

I 수경 스님의 기도 이야기

간월암에서 만난 관세음보살

일용日用은 여여如如하신지요?

저는 지금 옛 노스님들의 말투를 빌려 도반들의 안부를 묻습니다. 여여한 일상사. 참으로 어려운 일입니다. "주리면 먹고 졸리면 잔다飢來喫飯 困來眠." 선가禪家에서 흔히들 말하는, 여여한 일상의 경계境입니다. 일상을 벗어나 달리 구해야 할 도가 없다는 말이기도 하지요. 멋진 말이긴 한데, 함부로 할 말은 아닙니다. 실로 어렵습니다. 집에서 밥을 먹을 때, TV나 스마트폰을 끄는지 켜는지 생각해 보십시오. 그것만으로도 알 수 있습니다.

어제 일을 떠올리는 데도 용을 써야 하는 나이가 되고 보니 오히려 초발심 시절의 옛일이 어제 일처럼 선명히 떠오릅니다. 1960년대 후반, 3년 가까이 간월암에서 은사 스님을 모시고 살았습니다. 사실 '모셨다'는 말은 어폐가 있습니다. 제 은사 스님은 입적할 때까지 양말 빨래 하나도 상좌에게 의지한 적이 없으셨으니까요.

간월암은 지금도 밀물 때면 걸어서 들어갈 수 없지만 모섬인 간월도는 1984년부터 서산시 부석면과 연결되어 육지로 바뀌었습니다. 현대건설에서 간척사업을 벌인 결과입니다. 제가 살았던 60년대의 간월도는 절해고도나 다름없었습니다.

제 은사이신 응담應潭 스님(1914~2000)은 괴각으로 이름난 분이었습니다. 전형적인 선사로 산승의 표상 같은 분이셨지요. 작은 바위 섬 위의 암자에 단 둘이 살면서도 발우 공양을 했습니다. 700평쯤 되는 밭에 보리, 콩 농사를 지었고 쌀은 탁발로 해결했습니다. 언젠가 보니까 그 밭이 간월암 주차장으로 바뀌었더군요.

당시 저는 사미계를 받은 직후로 중물도 제대로 들지 않은 때였습니다. 그래도 발우 공양이나 농사를 지으며 정진하는 것은 그런 대로 할 만했습니다. 정말 힘든 것은 탁발이었습니다. 은사 스님과 함께 탁발을 하면서 별의별 일을 다 겪었습니다. 마을 노인들 가운데는 "어이, 대사" 하고 제 은사 스님을 불러 세우는 사람도 있었습니다. 그러고는 마치 하인에게 하듯이 "어떻게 멀쩡한 젊은이를 꼬드겨서 비렁뱅이 짓을 시키시오? 그런데 어디서 왔소?" 하며 조롱투의 말을 아무렇지도 않게 했습니다. 그럴 때도 제 은사 스님은 그 노인을 향해 아주 공손히 합장 반배를 하며 "간월암에서 왔습니다" 하고 응대했습니다. 그 모습을 보며 저는 속으로 '노장님은 속도 없나, 아니면 이중인격자인가? 나한테는 조금만 잘못해도 불호령을 하면서 어떻게 저럴 수가 있지?' 하는 생각을 하기도 했습니다. 사주 관상을 봐 달라는 사람은 점잖은 축에 속했고 교회 다니는 집이라며 문조차 열어 주지 않는 일은 예사였습니다. 굴욕감은 말할 것도 없고 낯이 뜨거워 견디기 어려웠습니다. 그런데 희한하게도 처음 한 철이 힘

들지 그 시기를 넘기면 부끄러움에 대한 면역은 생깁니다. 그렇게 해서 서산, 홍성, 해미, 당진, 태안 일대를 돌며 탁발을 했습니다. 나중에 생각해 보니 탁발에 길이 든 것은 뻔뻔해져서가 아니었습니다. 깎은 머리와 먹물 옷의 의미를 저도 모르게 체득한 것이었다고 봐야겠지요.

한국불교에서 탁발이 사라진 지는 꽤 오래됐습니다. 조계종에서는 1964년부터 종법으로 금지했습니다. 제가 간월암에서 탁발을 다닐 때는 이미 탁발이 금지된 후였습니다. 그래도 제 은사 스님은 아랑곳하지 않았습니다. 솔직히 그때는 노장님을 원망하기도 했습니다. 그것이 노장님의 크나큰 자비였다는 사실을 알게 된 것은 중노릇을 한참 한 다음이었습니다. 노장님은 제게 비구로 산다는 것의 의미, 왜 비구를 일컬어 걸사라고 하는지를 스스로 깨닫게 하신 겁니다. 그것은 말로 가르치고 배울 수 있는 일이 아닙니다.

간월암에서 가장 가까운 육지는 부석면 강당리였습니다. 부석면의 남쪽 끝자락이지요. 물이 빠질 때 그곳에서부터 간월암까지 15리 정도 개펄을 걸어야 했습니다. 탁발보다 더 힘든 것이 쌀을 짊어지고 발목까지 푹푹 빠지는 개펄을 걷는 일이었습니다. 밤에 걷다가 낙지 구덩이(어민들이 낙지를 잡고 난 다음 생긴 구덩이)에 빠지기라도 하면 그야말로 낭패였습니다. 그래서 밖으로 나갈 때는 여벌 옷을 챙겨 다녀야 했습니다. 사정이 이렇고 보니 탁발을 욕심껏 해도 다섯 말 정도가 한계였습니다. 40킬로그램의 쌀을 지고 두어 시간 개펄을 걷는 일은 여간 고역이 아니었습니다. 평지 같으면 쌀을 내리고 쉴 수가 있는데 개펄에서는 그럴 수가 없습니다. 숨이 턱을 넘어서 도저히 걸을 수 없게 되면, 쌀자루를 허리춤 위로 올린 다음 ㄱ자 모양으로 허리를 꺾고 두 팔을 무릎에 버틴 다음 숨을 몰아쉬곤 했습니다.

어느 날 밤 육지로 나갈 일이 생겼습니다. 노장님은 까닭도 설명하지 않고 '나가자'는 한마디만 하시고는 후라시를 들고 앞장섰습니다. 손전등 없이는 발아래도 찾기 어려운 그믐 무렵이었습니다. 더러 밤에 나가는 일이 있었는데 그럴 때면 믿을 만한 길잡이가 있었습니다. 강당리의 한 집에서 밤새도록 외등을 켜 두었는데 그걸로 방향을 잡는 것이었습니다. 우리에게는 등대 같은 곳이었지요. 그렇게 한참을 걷고 나서 보니까 조금 이상한 생각이 들었습니다. 불빛 모양이 평소 봐 온 것과 달랐기 때문입니다. 자세히 보니 확실히 달랐습니다. 불빛 아래에 또 불빛이 보였습니다. 고깃배의 불빛이 바다에 반사된 모습이었습니다. 방향이 잘못되었다는 확신이 들었습니다. 엉뚱한 방향으로 걸어서 개펄 한 가운데에 고립된 것이었지요. 불안감이 밀려오기 시작했습니다. 물이 빠질 때 걸을 수 있는 시간은 서너 시간 정도인데 그믐 무렵 한사리 때는 물이 빠르게 들어온다는 것을 알고 있었던 터라 마음은 더욱 급해졌습니다.

"스님, 방향이 잘못됐습니다. 저 불빛은 강당리 쪽이 아닙니다."

이렇게 얘기를 해도 노장님은 들은 척도 않았습니다. 거듭 말해도 당신이 옳다며 한 치도 물러서지 않았습니다. 고집불통인 건 알았지만 생사가 갈리는 상황에서도 요지부동일 줄은 몰랐습니다. 이렇게 한참 동안 이쪽, 저쪽을 두고 실랑이를 했습니다.

아마 죽음을 당장의 문제로 느낀 건 그때가 처음이 아니었나 싶습니다. 코앞까지 죽음이 다가왔다는 생각이 들자 아무 생각도 나지 않았습니다. 바다 한가운데 개펄에서 의지할 데라고는 없는데 노장님마저 고집을 부리니 은사니 뭐니 하는 생각도 한순간에 사라지더군요. 노장님의 손에서 전등을 낚아채고는 노장님을 개펄에 넘어뜨렸습니다. 당시 노장님은 50대 중반이었지만 보통 완력이 아니었습니다. 젊었을 때는 기운이 장사였다고 알려져 있었지요. 그때도 힘으로는 제가 부치더군요. 그렇게 은사와 어린 상좌가 엎치락뒤치락하며 말 그대로 진흙탕 싸움을 벌였습니다. 한 삼사십 분 기운을 쓰고 나자 노장님이 탈진 상태가 되더군요. 저도 기진맥진해서 숨을 고르는데 퍼뜩 뇌리에 '관세음보살'이 떠올랐습니다.

"관세음보살! 관세음보살!" 하고 소리쳤습니다. 그러고 나니까 힘이 생겨요. 의지처가 생겼다는 한 생각이 곧 힘이 된 것입니다. 노장님을 끌고 당기고 해서 가까스로 해안으로 다가가자 제가 본 불빛이 맞았어요. 개펄을 벗어날 때 갯고랑으로 들어서자 허리까지 물이 차오르더군요.

개펄을 빠져나와 모래와 자갈이 섞인 갯가에 너부러지듯 쓰러졌습니다. 민가의 외등 불빛을 보자 눈물이 흘러내렸습니다. 이제 살았다, 하는 안도감도 있었지만 그것과는 또 다른 생각이 일었습니다. 그럴 수밖에요. 죽다가 살아났으니까요. 그렇게 노장님과 저는 말을 잃은 사람처럼 한참을 있었습니다. 정신을 차리고 나니까 얼마나 진땀을 흘렸던지 런닝샤쓰가 딱 붙어서 떨어지질 않더군요. 진땀이라는 게 그런 거였습니다. 그 일을 겪기 전까지 저는 기도가 무엇인지 가피가 무엇인지 진지하게 생각해 본 적이 없었습니다. 하지만 그때, 일념으로 관세음보살을 염하면 죽을 경우에도 살길이 열린다는 것을 사무쳐 알게 됐습니다. 실로 그때 저의 생각 속에는 오로지 관세음보살님밖에 없었습니다.

나중에 노장님이 그 일을 떠올리시며 제게 이렇게

말씀하시더군요. "관세음을 염하든 화두를 들든, 일념이 되면 이루어진다. 화두 일념이 흐트러지지 않도록 정진해라. 오직 그것뿐이다. 그러면 된다."

간월암에서 3년 동안 탁발하고, 농사짓고, 아침저녁으로 정진하면서 비구로 사는 법을 익혔습니다. 마지막 1년은 사제가 간월암으로 출가하여 함께 살았지요. 그렇게 간월암 생활이 근 3년이 됐을 때 노장님과 저는 바랑을 꾸렸습니다. 그때만 해도 스님네들의 모든 살림살이는 바랑 하나로 수습이 됐습니다. 행운유수 같은 삶이었지요. 노장님과 저는 걸망을 지고 간월암에서 나와 범어사 선방으로 갔습니다. 제 은사 스님은 범어사와 인연이 깊었습니다. 동산 스님이 범어사 조실로 계실 적에 선방에서 입승을 하셨으니까요. 그렇게 해서 저의 선방 생활이 시작되었습니다.

아미타불을 염하든 관세음보살을 염하든 일심불란이면 삼매현전입니다. 그것이 기도 성취입니다. 현상을 보되 현상에 매몰되지 않고 본질을 볼 수 있는 안

목이 열리는 것입니다. 그것이 정견입니다. 정견을 갖추면 무엇을 해야 할지, 하지 말아야 할지 알게 됩니다. 그것이 기도의 힘이고 가피입니다.

기도란 직면한 문제를 회피하지 않고 바로 볼 수 있는 힘을 기르는 일입니다. 그런 기도가 되려면 간절해야 합니다. 그런데 그게 쉽지 않지요. 목전에 죽음이 다가온 듯 절박해야 하는데, 일생에 그런 일이 몇 번이나 있겠습니까. 그래서 일상이 기도가 되는 삶을 살아야 합니다. 그렇지 않으면 절체절명의 순간에 한 생각을 놓치고 허둥거리게 됩니다. 기도 따로, 삶 따로이기 때문입니다. 삶이 기도가 되게 해야 합니다. 기도가 삶이 되게 해야 합니다. 그래야 '주리면 먹고 졸리면 자는' 삶을 살 수 있습니다. 기도를 해야 하는 이유입니다.

"선승이라면서 염불이 웬 말입니까?"

"중 벼슬 닭 벼슬만도 못하다"고 하지요. 절집에서 항용 써 온 말입니다. 이제는 그것도 옛말이 되고 말았습니다만. 그 벼슬을 한번 해 봤습니다. 출가한 지 40년 만이었습니다. 2006년 6월 화계사 주지가 되어 4년 정도 소임을 살았습니다.

저는 지금 화계사 주지 시절 어느 선방의 수좌와 나누었던 얘기를 하려고 합니다. 그러다 보니 중 벼슬 얘기를 꺼내게 됐는데, 이왕 나온 말이니 이 얘기부터 마무리하고 넘어갈까 합니다. 먼저 결론부터 얘기하겠습니다. 주지라는 벼슬, 대단한 겁니다. 진심에서 하는 말입니다. 닭 벼슬과 비교할 바는 아니지요. '닭 벼슬보다 못하다'는 말도 여러 가지 뜻을 담고 있습니다. 여기서 그것까지 거론하지는 않겠지만, 어떤 의미로 읽든 그 말의 의미는 시대의 산물이라는 점을 언급해 두고자 합니다. 시대라는 맥락을 벗어나면 물 밖의 고기나 매한가지입니다.

큰 절이든 작은 절이든 하나의 공동체를 이룹니다. 각각의 공동체마다 나름의 가풍이 있습니다. 절대적인 것은 아닙니다. 어떤 모습이든 부처님의 가르침이라는 큰 틀 안이고, 다시 한국불교라는 울타리 속에서 대동소이합니다. 이렇게 보면 소이小異 즉 작은 차이야말로 개별 사찰의 정체성이라 할 수 있습니다. 가풍이라는 것도 실은 소이에 불과한 것인데, 그 작은 차이가 모든 것을 아우르기도 하므로 작다 해서 실로 작은 것이 아닙니다. 절의 주지는 그 작은 차이를 만들 수 있는 사람입니다. 그래서 제가 주지라는 벼슬을 대단하다 한 것입니다.

절에 따라서는 신앙 정체성이 역사성이나 상징성에

의해 규정되기도 합니다. 보문사, 낙산사, 보리암 같은 관음기도 도량이 그렇고, 법흥사나 상원사 같은 적멸보궁이 그런 경우입니다. 하지만 대개의 절은 시대의 변화나 주지의 성향에 따라 정체성이 만들어지는 것이 상례입니다. 화계사만 해도 조선 후기에는 범패승들*의 산실로 이름 높았지만 지금의 화계사에는 그런 모습이 흔적조차 없습니다. 숭산 스님의 영향으로 1990년대 초반 국제선원을 설립함으로써 국제적 이미지가 입혀졌습니다. 이처럼 절은 시대에 따라 그리고 사람에 의해 변하게 마련입니다. 당연하고도 자연스러운 일입니다. 그래서 주지의 역할이 중요한 것입니다. 변화의 물길이 어떤 방향, 어떤 모습으로 흐를지를 결정할 수 있는 사람이기 때문입니다.

저는 화계사 주지 소임을 살면서 '기도'하는 도량을 만들고 싶었습니다. 선방에 살던 사람이, 길바닥에서

• 범패승: 절에서 재를 올릴 때 석가모니 부처님의 덕을 찬양하는 노래를 범패라 하는데 이를 행하는 스님을 범패승이라 한다. 달리 일러 어산(魚山) 또는 어장(魚匠)이라고도 한다.

환경운동 하던 사람이 주지를 할 수 있을까, 하는 의문을 비롯하여 절 안팎에서 저를 두고 괴이쩍은 시선을 보내기도 했습니다. 이를 불식시키기 위해서도 기도가 필요했지만 그것보다는 기도야말로 삶과 믿음이 겉돌지 않게 하는 길이라고 봤기 때문입니다. 사시예불 후에는 형편 되는 대로 30분~1시간 정도 기도에 대한 이야기를 했습니다. 절박하게 기도하다 보면 원의 성취 조건을 갖추게 된다고 격려하는 것이 제가 하는 기도 이야기의 골자였습니다. 설사 나와 내 자식만 잘되게 해 달라는 기도, 흔히 말하는 기복을 위한 기도를 한다 할지라도 기도가 깊어지면 마음의 길은 마땅히 가야 할 곳으로 가게 되어 있습니다. 오로지 이기심으로 기도한다 해도 그 과정에서 적나라한 자신을 마주할 수밖에 없으므로 참회가 수반되게 마련입니다.

법당에서 기도가 끝나고 회향 인사를 할 때 반배 말고 신도들이 서로를 마주 볼 수 있게 반으로 나누어 정례를 하도록 했습니다. 우리 모두 서로에게 절을 하며 기도의 공덕이 다른 이에게 돌려지도록 발원했습

니다. 그렇게 해서라도 보살의 마음을 느껴 보자는 것
이었습니다.

기도를 한다는 것은 자신의 불완전성을 인정하는
것입니다. 그런 불완전한 우리의 기도가 성취되었다
면 그것은 불보살님들의 본원력'이 작용한 것입니다.
그것이 가피입니다. 가피를 믿지 않는 것은 오척 인간
이 하늘을 넘보는 오만입니다.

화계사에서 타태아기 영가천도''를 위한 기도를 한
적이 있습니다. 개인적으로 숨기고 싶은 '업'의 문제에
직면하는 일이었으므로 혹시라도 꺼리는 사람이 있을
까 싶어, 흔히 하는 기도 접수라는 것 없이 익명을 보
장했습니다. 그런데 뜻밖에도 기도에 동참하는 사람

• 본원력(本願力): 부처가 보살일 적 혹은 보살이 부처가 되기 위해 수
  행할 때 세운 서원을 본원이라 하고, 그 원이 중생에게 미치는 힘을
  본원력이라 한다.
•• 타태(墮胎)아기 영가천도: 피치 못할 사정 혹은 한순간의 잘못된 판
  단에 의한 유산이나 낙태를 타태라고 하는데, 그렇게 된 태아의 혼을
  달래는 의식을 타태아기 영가천도라 한다.

이 많았습니다. 울기도 하고 마음 아픈 사연을 털어놓기도 했습니다. 기도를 하고 나서 현실적으로 부딪치던 문제가 해결되었다는 얘기도 들었고, 무거운 짐을 내려놓은 느낌을 받았다는 사람도 만났습니다. 100일 기도를 마치고 나자 유니세프 같은 어린이 구호 단체의 후원자가 되는 사람도 많았습니다. 저는 이런 행동의 변화야말로 진정한 기도 가피라고 생각합니다.

보름날 밤 폐사지를 찾아 무상 체험 기도를 하기도 했습니다. 우리는 촛불을 켜 들고 관음정근'을 하고, 걷기 명상을 하면서 무상을 체험했습니다. 신도들의 얼굴이 보름달로 보이더군요. 그때 제 마음은 환희심으로 충만했습니다.

이제 앞서 말하려 했던 어느 선방 수좌와 나누었던 대화에 대해 얘기해 보겠습니다. 어느 날 종무소 소임자로부터, 어떤 스님이 저와 대화를 하고 싶다며 전화

• 관음정근(觀音精勤): 부처님을 생각하는 것을 염불이라 하고, 반복하여 부처님을 부르는 것을 정근이라 한다. 통상 관세음보살을 반복하여 부르는 칭명염불을 관음정근이라 한다.

했다는 연락이 왔습니다. 다시 전화가 오면 내 휴대전화 번호를 가르쳐 드리고 나한테 바로 전화하시라고 전하라 일렀습니다. 며칠 뒤 전화가 왔습니다. 어느 선방의 선원장이라고 하더군요. 그렇게 간단히 인사를 나눈 다음 어떤 일로 전화하셨냐 물었더니 대뜸 "선승이라고 하면서 어떻게 염불이나 하고 있습니까?" 하는 말이 돌아왔습니다. 숫제 경멸조였습니다. 대놓고 말을 하지 않았을 뿐이지 참선은 저만큼 높은 경지의 수행이고 염불은 하열한 사람들이나 하는 짓이 아니냐는 힐난이었습니다. 그래서 제가 되물었습니다. "스님은 선원장이시기도 하니까 잘 아실 것 같아서 묻습니다. 화두거각이 잘 돼서 의단이 독로한 경계와 깊이 염불하여 일심불란이 되어 삼매현전한 경계가 같습니까 다릅니까?" 이렇게 물었더니, "나는 참선만 했지 염불은 하지 않아서 염불은 모릅니다" 하고 대답하더군요. 그래서 제가 조금 단호한 어조로 "참선을 했다고 한다면 알 수 있을 텐데 어떻게 그렇게 말씀하십니까? 그리고 염불을 해 보지 않았다면서 염불을 두고 말하는 것은 도리에 맞지 않습니다" 하고 말했더니 전화를 끊어 버리더군요.

"선승이라면서 참선은 하지 않고 웬 염불이냐?"라는 수좌의 힐문에 저는 충격을 받지 않았습니다. 충분히 예상한 일이었고 한국불교의 오랜 편견 가운데 하나이기도 하니까요. 다만 편협한 간화선 우월주의와 깨달음 지상주의를 재확인한 것이 씁쓸할 따름이었습니다.

우리들이 절에서 사시예불을 할 때 봉독하는 축원문 가운데 "참선자 의단독로參禪者 疑團獨露, 염불자 삼매현전念佛者 三昧現前, 간경자 혜안통투看經者 慧眼通透"라는 구절이 있습니다. 참선, 염불, 간경이 모두 궁극의 지혜를 증득하는 길이라는 말이지요. 사실 너무 당연한 말이어서 설명이 필요치 않습니다. 참선, 염불, 간경이 모두 지혜의 완성이라는 한 목적의 다른 수단일 뿐입니다. 참선이든 염불이든 간경이든 중요한 것은 마음을 오로지하는 것입니다. 간화선의 화두 역시 하나의 수단일 뿐입니다. 그런데 그것을 오해하여 목적으로 혼동하면 절대주의에 빠지게 되는 것입니다. 근본주의와 다르지 않습니다.

흔히들 말하기를 선을 난행도難行道라 하고, 염불을 이행도易行道라 합니다. 자력문自力門과 타력문他力門, 성도문聖道門과 정토문淨土門으로 말하기도 합니다. 이런 말들은 대승불교의 아버지로 불리며 보살로 추앙받는 용수龍樹(Nāgārjuna) 스님이 『십주비바사론十住毘婆沙論』「이행품」에서 밝힌 견해에서 비롯된 것으로 보입니다. 용수 스님은 이행도를 말하면서 "믿음이라는 방편으로 쉽고 빠르게 아유월치阿惟越致(不退轉)•하는 사람도 있다"고 했습니다. 용수 스님은 난행도와 이행도를 어려운 길과 쉬운 길로 구분했을 뿐 가치 개념의 높낮이로 분별하지 않았습니다. 이행도로도 불퇴의 자리에 이를 수 있다 했습니다. 사실 난행, 이행이라는 판단도 하나의 견해일 뿐입니다.

염불을 이행도, 즉 쉬운 길이라 하나 그것이 마냥 쉽기만 할까요? 정말 쉽다면 그야말로 좋은 길이겠지요. 쉽다는 이유가 열등하다는 근거가 될 수는 없습니다.

• 아유월치[(阿惟越致(不退轉)]: 아유월치란 범어 avinivartanīya를 한 자로 음역한 말로, 불퇴전(不退轉)이라 번역한다. 중요한 건 불퇴전의 의미인데, 깨달은 보살이 그 경지에서 물러서지 않는 것을 일컫는다.

현실적으로 염불이 쉬운 듯 보이는 것도 사실입니다. 옛날 우리 어머니들은 불자든 아니든 한숨처럼 "관세음보살"을 부르며 어려운 시절을 건넜습니다. 이것이야말로 진솔한 염불입니다. 그렇지만 불퇴전의 경계라고 말하기는 어렵지요. 불보살님을 염하여 삼매에 이르기는, 화두 참구로 의단독로하기만큼 어렵습니다. 생활 가운데 염념이 염불을 이어가는 것도 무척 어려운 일입니다.

선과 염불의 결합 즉 선정일치禪淨一致는 선승들에 의해 실천되었습니다. 중국 송나라 초기의 선승 영명연수永明延壽(904~975) 스님은 『만선동귀집』에서 "단 한 번이라도 나무불을 염하면 모래알 같은 무수한 겁 동안 쌓인 죄가 소멸되어 마침내 불도를 이루게 된다."라고 했습니다. 우리에게는 『죽창수필』로 널리 알려진 운서주굉雲棲袾宏(1535~1615) 스님이 편저한 『선관책신禪關策進』에 염불에 관하여 다음과 같은 내용이 있습니다.

단지 아미타불 네 글자를 화두로 하여 늘 염두에 두고

망상이 생기지 않도록 하면 곧바로 부처가 될 것이다.

염불을 한 번 혹은 세 번, 다섯 번, 일곱 번 하고서 묵묵히 자신에게 이 염불 소리가 어디에서 왔는지 반문하라. 또한 이렇게 염불하는 주체는 누구인가를 반문하라. 알지 못하겠거든 오로지 그것만을 의문하라.

염불을 '공안(화두)'으로 사용한 것입니다. 명나라 때의 감산덕청憨山德淸(1546~1644) 스님도 선정겸수禪淨兼修를 강조했습니다. 염불공안과 간화선의 거리는 그리 멀지 않습니다. 화두든 염불이든 일념을 이루고자 하는 정진이라는 점에서는 다르지 않습니다. 중요한 것은 간절함입니다. 죽음을 앞둔 것처럼 절박하지 않으면 일념을 이루는 일이 쉽지 않습니다. 이에 대한 제 경험을 짧게 얘기해 보겠습니다.

한창 기운 좋은 30대 초반에 도반 대여섯 명과 토굴에서 겨울 안거를 한 적이 있습니다. 부여군 내산면 월명산 정상 턱밑에 있는 금지암이었습니다. 요즘은 모습을 갖춘 암자지만 그때는 아무도 돌보지 않고 비어 있는 곳이었습니다. 오로지 정진만을 하기로 의기투합한 도반들과 안거를 했는데 중간에 속이 안 좋아서 열흘 동안 단식을 하게 됐습니다. 그랬더니 속은 좀 편안해졌지만 기운이 떨어져서 도저히 정진을 이어 가기가 힘들었습니다. 그런데 역시 욕심이 화근이었습니다. 단식만큼이나 보식이 중요한데, 단식 후 꿀을 먹으면 좋다는 얘기를 듣고는 그렇게 하기로 한 것이었습니다.

꿀을 구하러 마을로 내려갔습니다. 산골이라 꿀을 구하는 것은 어렵지 않았습니다. 다시 토굴로 돌아가는데 허벅지까지 빠지는 눈길을 헤쳐 나가기란 여간 어려운 일이 아니었습니다. 그래도 젊은 기운 하나만 믿고 산을 오르는데 중간쯤에서 탈진하고 말았습니다. 단식 후에 아무것도 먹지 못한 상태에서 눈길을 헤매다 한 발짝 떼기도 힘든 곤경에 처하고 만 것입니다. 내려갈까 생각도 했지만 그것조차 엄두가 나지 않았습니다. 몇 걸음 못 가서 혼절하고는 그대로 얼어 죽고 말 것이라는 생각이 또렷해지더군요. 그러면서

드는 생각이 '여기서 죽자' 하는 것이었습니다.

간신히 몸을 움직여 눈을 밟아 앉을 자리를 만들었습니다. 그리고 마지막 힘을 다해 소리를 한 번 지르고는 가부좌를 틀었습니다. 그때 솔직히 한 가닥 위안은 노스님들로부터 들은 말이었습니다. 화두가 순일純一한 상태에서 임종하면 다음 생의 몸을 받을 때, 즉 어머니의 자궁에 입태入胎·출태出胎할 때 매昧하지 않는다는 것이었습니다. 죽을 때 한 생각 챙기면 다음 생으로 정진력이 이어진다는 얘기였는데, 그 말이 떠오른 겁니다.

죽기로 마음먹고 화두를 챙기니까 희한하게도 바로 화두가 들려요. 그렇게 안 들리던 화두가, 끊임없이 끊기고 이어지던 화두가 딱 죽는다고 생각하니 그윽해지더군요. 그것을 느끼는가 싶었는데, 제 기억은 거기까지입니다.

위에서는 정진 중인 스님들의 걱정이 깊었던가 봅니다. 돌아와야 할 시간인데도 기척이 없자, 걱정이 설마…로 바뀌었고 급기야는 저를 찾아 산을 내려오게 된 것입니다. 다급하게 한참을 내려오다 저를 발견하고는 흔들어 깨웠지만 미동조차 않더랍니다. 얼어 죽었는가 싶었는데 그것도 아니었습니다. 그렇게 해서 다시 깨어나 도반 스님들의 부축으로 토굴로 돌아오게 되었고 덕분에 아직 살아 있습니다.

저는 지금 젊은 시절의 무용담을 늘어놓기 위해 이 얘기를 꺼낸 것이 아닙니다. 절박하지 않으면 일념을 이루기가 참으로 어렵다는 말을 하는 것입니다. 그렇게 일념을 이루었다 해서 그것 자체를 깨달음으로 오해해서도 안 됩니다. 다만 정진의 한 길에서 그런 체험을 하고 나면 자신감이 붙습니다. 어떻게든 할 수 있다는 확신이 생기고, 정진을 이어 갈 수 있는 힘이 붙습니다. 좀 더 설명하자면, 참선 수행이라는 것이 일체 속박에서 벗어나자는 것인데, 이에 대한 확신 없이 막연하게 수행을 하다가 어느 순간 '아, 이것이로구나. 거짓이 아니구나.' 하는 것을 느끼는 때가 옵니다. 이런 경험을 하게 되면 퇴전치 않고 지속적으로 정진해 나갈 수 있는 힘이 생깁니다.

화두든 염불이든 된다, 안 된다는 생각 속에서는 일념이 되지 않습니다. 절박한 상황에서 스스로 격발하지 않으면 안 됩니다. '백척간두진일보'란 그런 절박함을 말합니다. 그게 쉽지 않지요. 그렇다 하여 실망하지는 마십시오. 된다, 안 된다는 생각도 하지 말고 기도하십시오. 그런 단련이 되어 있지 않으면 절박한 순간에 처했을 때 한 생각을 챙길 수 없습니다. 그래서 기도가 필요한 것입니다.

한 할머니의 49재

세상에는 인간의 지각 범위를 벗어나 존재하는 것들이 많습니다. 어머니의 사랑이나 부처님의 자비도 그러합니다. 이러한 것들의 현전은 관계와 믿음으로써만 가능합니다.

 사는 일이 너무 무거워 스스로 목숨을 내려놓으려는 사람도 내일 태양이 떠오를 것을 의심하지는 않습니다. 오히려 그 사람에게는 내일도 분명히 태양이 떠오른다는 사실이 더 두려울 것입니다. 절망감만 확인시킬 테니까요. 이런 사람에게는 태양 빛이 누구에게나 차별 없이 비춘다는 사실도 의미가 없습니다.

불자들에게 불보살은 태양과 같은 존재입니다. 그렇다면 스스로 한번 물어볼 일입니다. 불보살의 존재를 조금의 의심도 없이 믿고 있는지를. 두두물물이 부처이고, 만물이 부처의 현현이라는 가르침을 이성이나 관념의 여과 없이 있는 그대로 받아들이고 있는지를. 과연 그렇다면 당신이 간절히 부처님을 염할 때나 관세음보살님을 부를 때, 당신은 부처님과 관세음보살님과 한 몸입니다. 만약 그렇지 않다면, 당신이 믿는 불보살은 형상에 불과하거나 관념의 소산일 뿐입니다. 그래서 '기도'가 필요합니다.

그렇다면 기도란 무엇일까요? 젊은 시절 제가 만난

불자들에게 불보살은 태양과 같은 존재입니다.
그렇다면 스스로 한번 물어볼 일입니다.
불보살의 존재를 조금의 의심도 없이 믿고 있는지를.

기도 성취의 풍광을 전하는 것으로 기도의 의미를 새겨 볼까 합니다.

할머니가 관세음보살을 만난 사연

문경 묘적암에서 살 때의 일입니다. 묘적암은 나옹 스님께서 공부하셨던 터로, 납자라면 누구나 귀하게 여기는 곳입니다.

어느 날, 할머니 한 분이 머리에 뭔가를 이고 엉엉 울면서 찾아왔습니다. 자초지종을 묻기도 전에 할머

당신이 간절히 부처님을 염할 때나
관세음보살님을 부를 때,
당신은 부처님과 관세음보살님과 한 몸입니다.

니는 한 됫박 될까 말까 한 쌀을 내려놓고는 다짜고짜 49재를 해 달라는 것이었습니다.

사연인즉, 아들이 군대 가서 죽은 지 49일째 되는 날인데 도무지 아들이 눈에 밟혀서 견딜 수가 없더랍니다. 마침 이웃 사람들의 권유도 있고 해서 집 가까이에 있는 절을 찾았답니다. 사정을 얘기했더니, 부처님 앞에 절하고 가면 된다고 하더래요. 어미 된 입장에서 이건 아니다 싶어서 다시 쌀을 머리에 이고 비구니 스님들이 사는 한 암자를 찾았답니다. 그랬더니 이번에는 '이곳은 선방이기 때문에 마음으로 49재를 지내는 곳'이라고 하더랍니다. 뭔 소린지 알 길이 없는 할머니는 다시 쌀을 머리에 이고 헤매고 또 헤매다가 제가 사는 곳까지 오신 겁니다. 얘기를 다 듣고는 이렇게 말씀을 드렸습니다.

"할머니, 여기가 바로 49재 전문 절인데 왜 엉뚱한 데 가서서 고생을 하셨어요?"

일단 마음부터 풀어 드린답시고 말은 이렇게 했지만, 사실 난감했습니다. 일단 '석유곤로'에 물을 끓여서 분유를 한 잔 타 드린 다음, 마을로 내려가서 장을 봐 올 때까지 먼저 49재를 지내고 계시라 했습니다.

"할머니, 49재라는 건 할머니와 죽은 아들과 저, 이렇게 세 사람이 모여서 부처님께 매달리는 겁니다."

기도란 간절한 마음으로 부처님께 매달리는 것입니다.

할머니께 염주를 드리고 '관세음보살님'만 염하라고 일러 드렸습니다. 만약 관세음보살님이 나타나시면 붙잡고 매달리라고 했습니다. 그동안 제가 장을 봐 와서 재를 올리면 아드님이 극락 가는 것은 떼 놓은 당상입니다, 하고 거듭 안심을 시켜 드렸습니다. 그랬더니 할머니께서는 초례를 올릴 때 하듯이 큰절을 하시더군요. 생전 처음 절에 온 할머니가 절집에서 절하는 법을 알 턱이 있었겠습니까.

문경의 산북이라는 동네까지 4시간을 걸어서 사과 몇 알을 사 오니까 밤 11시가 넘었습니다. 살짝 법당 문을 열어 보니까 처음 그 자세 그대로 관세음보살님을 부르고 있었습니다. 잠깐 눈을 붙이고 새벽에 일어나서 보니까 또 그대로예요. 혼자서 밥을 먹고 나서 마지를 해 놓은 다음 10시쯤 돼서 들어가니까, 그때서야 살포시 일어나서는 "스님, 고맙습니다" 하시면서 절을 하는 겁니다. 49재를 잘 지내 줘서 고맙다는 거예요. 그러고는 아침 공양도 마다하시고 홀연히 사라지더군요.

그 할머니에게는 지난밤이 한순간이었습니다. 나이 드신 분들은 잠깐만 앉았어도 무릎이 저린 법인데 잠깐 앉았다 일어나듯이 하룻밤을 보낸 거지요. 삼매에 든 것입니다. 관세음보살님과 온전히 하나가 되었던

할머니에게는 지난밤이 한순간이었습니다.
삼매에 든 것입니다.
관세음보살님과 온전히 하나가 되었던 것입니다.

것이지요.

이후 할머니가 사는 마을 인근에까지 이상한 소문이 들리더군요. 미쳤다는 겁니다. '젊은 노파심'이 발동하더군요. 찾아갔습니다. 할머니는 보자마자 제 손을 잡으며 너무 반가워했습니다. 그렇게 얼굴이 편안해 보일 수가 없었습니다. 걱정할 일이 아니었습니다. 할머니는 늘 관세음보살님을 염한 것이었습니다. 길을 걸으면서도 일을 하면서도 하루 종일 관세음보살님을 부른 것이었지요. 그것을 보고 사람들이 미쳤다고 수군거린 것입니다.

간절하면 통합니다.

원의 성취 조건 발현시키는 것이 기도

기도란 이런 것입니다. 간절하면 통하는 법입니다. 마음을 한곳으로 모아서 이미 내 안에 갖춰져 있는 원의 성취 조건을 발현시키는 것이 기도입니다. 그러기 위해서는 삼매가 이루어져야 합니다. 일심불란─心不亂이어야 합니다.

간절히 관세음보살을 염하다 보면 바깥으로 흐트러진 마음이 수습되어 독로獨露가 됩니다. 관세음보살을 염하는 놈이 그대로 드러나고, 바로 그놈을 응시하게 됩니다. 여기서 한 단계 더 나아가면 관세음보살과

마음을 한곳으로 모아서 이미 내 안에 갖춰져 있는
원의 성취 조건을 발현시키는 것이 기도입니다.

관세음보살을 염하는 사람이 합일되는 경지에 이릅니다. 이것이 삼매입니다. 그 안에 모든 문제 해결의 지혜와 덕이 갖춰져 있습니다. 이것이 원의 성취입니다.

세상사를 보면 많은 사람이 하는 일마다 안 될 수밖에 없는 조건을 갖춰 놓고는 무조건 되기만을 빕니다. 기도는 그런 것이 아닙니다. 잘못된 조건을 변화시키는 것이 기도입니다.

좋은 삶의 방편, '기도'로서의 환경운동

이 시대를 함께 살아가는 도반들께 삼가 오체투지의
정례를 올립니다.

외람되지만 개인적인 얘기로 말문을 열까 합니다.
동진 출가'는 아니었습니다만 이른 나이에 산문에 들
었습니다. 젊은 수행자들 가운데 출격장부''를 꿈꾸지

• 동진 출가: 머리를 깎지 않은 '동자' 또는 '사미'를 달리 일러 동진(童
　眞)이라 하는데, 절집에서는 어린 나이에 출가하는 것을 '동진 출가'
　라 한다.
•• 출격장부: 평범한 수준이나 형식을 뛰어넘은 대장부를 일컫는 말.

않는 이가 없듯이, 저 또한 생사를 벗어나 부처를 이루고자 했습니다. 꽤 오랫동안 선방에서 살았습니다.

화두 참구

초심 학인 시절, 선원에 방부를 들이는 것만으로도 세상을 한숨에 삼킬 수 있을 것 같았습니다. 들은 소리는 있어서, '첫 발심한 때가 곧 정각을 이룬 때'라고 믿으며 호기로 충천했습니다. 저의 첫 대중 선방 안거는 범어사 '청풍당' 선원에서였습니다.

우리나라 절집 선방의 공부라 하면 간화선看話禪 수행을 말합니다. 흔히 '화두를 든다'고 하지요. 화두가 1,700가지나 된다고 하는데, '이뭣고是甚麼'나 '무無' 자 화두가 대표적입니다. '무'자 화두로 쉽게(?) 설명해 보겠습니다. 부처님은 모든 중생에 불성佛性이 있다 했습니다. 그런데 왜 조주 스님은 '없다無'고 했을까? 하고 '의심'할 때, 의심의 실마리로 삼는 '무無'를 '화두'

라 하고, 그것으로써 의심해 나가는 것을 표현하여 '화두를 든다'고 하는 것입니다. 보통 선방에서는 그것을 '거각擧却'이라 하지요. 각却 자는 조사이므로 뜻을 붙잡으려 하면 헛수고입니다. 중요한 것은 '의심'입니다. 억지를 써서라도 설명하자면, 그 의심을 (거사를 앞둔 사람이 행동 목표를 머릿속에 떠올리듯이) '들어 올려擧' 생각의 길 앞에 딱 걸어 두는 것을 거각擧却이라 합니다. 의심을 달리 일컬어 '의정疑情' 또는 '의단疑團'이라고도 합니다. 의단은 의심을 즉물적으로 표현한 말로, '의심 덩어리'라는 것이지요. 그 의심 덩어리가 똘똘 뭉쳐져 오직 의심만 홀로 남은 상태를 일러 '의단독로 疑團獨露'라 하는 것이고요. 말과 생각의 길이 완벽하게 끊어진, 비유컨대 은산철벽銀山鐵壁에 가로막힌 상태입니다. 이 은산철벽이 뚫려 한순간에 무너져 내리는 것을 화두타파話頭打破라 합니다. 화투타파라 해서 화두를 깨뜨려야 할 어떤 실체로 여기면 곤란합니다. 화두는 의단독로를 위한 수단일 뿐입니다.

쉽게 설명한다고 했는데 더 어려워지고 말았습니

다. 이처럼 말로 화두 참구를 설명하는 친절(?)은 선가禪家에서 극도로 꺼리는 일입니다. 개구즉착開口即錯, 입을 여는 순간 어긋난다는 것이지요. 참선은 철저한 내적 체험 즉 자내증自內證의 영역입니다. 그런데 웃음거리가 될 걸 알면서도 이렇게 말하는 것은, 별것도 아닌 언어의 돌부리에 걸려 얘기가 앞으로 나가지 못하는 것을 걱정했기 때문입니다. 그리고 요즘 많은 사람이 명상이나 위빠사나 수행을 하는데, 그 과정에서 망상이나 잡념 때문에 좌절감을 느끼기도 할 것 같습니다. 그것이 또 하나의 이유입니다. 제가 얘기를 조금 더 할 터인데, 선방의 수좌들도 같은 고초를 겪는다는 점을 알아 두시면 좋겠습니다. 지극히 자연스러운 일이니까 괜한 자책은 거두시고 그렇다고 환상을 품지도 마시길 바랍니다.

말 나온 김에 조금만 덧붙이겠습니다. 스님네들이 특히 선기에서 쓰는 용어 가운데 한자어가 많아서 곤란을 겪기도 할 것입니다. 선불교가 중국에서 전래했고 스님네들이 한자에 익숙해서 그런 것도 있지만 그것이 전부는 아닙니다. 한자는 선禪 세계의 추상을 구체로 연결시키는 지시 능력이 탁월합니다. 백 마디 말로도 설명할 수 없는 미묘한 심리 세계를 고도로 추상화하는 압축미도 한자어의 매력이지요. 이런 용어를 잘못 풀면 엉뚱한 달을 가리키게 됩니다. 맥락을 통해서 읽으면 직관적으로 다가오는 느낌이 있을 겁니다. 넉넉히 이해되지 않는다 해도 그 직관을 따르는 쪽이 사전을 펴는 것보다 낫습니다. 사전을 펴도 똑같은 말이 고양이 제 꼬리 잡듯이 맴돌거든요. 선방 얘기를 조금 더 이어가 보겠습니다.

처음 좌복(방석)에 앉으면 망상이 죽 끓듯 일어납니다. '화두 삼매'가 아니라 '번뇌 삼매'입니다. 사실 이상할 게 없습니다. 본시 그런 겁니다. 그래서 참선 공부에는 '선지식'의 지도가 필수라 하는 것입니다. 선불교의 교학 경시는 '알음알이'를 경계하는 입장에서 나온 것이지만 사실 선지식을 믿고 하는 소리이기도 합니다.

절집 선방의 노장님들은 초심 수행자가 화두를 들고 있는지 혼침에 빠져 있는지 의단독로가 됐는지 졸고 있는지 바로 알아봅니다. 당신들도 다 겪어 왔던 일이니까요. 그래서 노스님들은 의정을 거각하는 일부터 일러 줍니다. 초기에는 억지로라도, 소리를 내서라도 의단을 거각하라고 독려합니다. 이상한 짓을 하면 "네 이놈, 의단독로가 되었냐?"고 그때그때 경책해 줍니다. 그렇게 해서 길이 들면 재미가 붙습니다.

젊은 시절 저는 운이 좋았습니다. 여러 산중의 선지식을 만났습니다. 지월 스님 같은 분을 통해서는 납자의 처신이 어떠해야 하는지를 배웠고, 춘성 스님 같은 노장님으로부터는 납자의 용심을 익혔습니다. 송담 스님에게서는 수좌의 분상에서 대중 생활의 묘리에 눈떴습니다.

춘성 스님은 늘 젊은 우리에게 '삼 년 안에 득력得力하지 못하면 산적 노릇을 면치 못할 것'이라 이르셨습니다. 지금도 떠올릴 때마다 서늘해지는 말씀입니다. 제가 득력을 했는지는 모르겠습니다만, 한창 정진할 때는 해제를 해도 절 밖으로 나가지 않고 공부를 이어 갔습니다. 나중에 산철 결제라는 것이 생겨났을 때도 노장님들이 계시는 산중을 찾았습니다.

　참선 공부라는 것이 구참이 되었다 해서 쉬워지는 건 아닙니다. 까딱 한 생각 놓치면 헤매게 됩니다. 그래도 어느 정도 정진력이 붙으면 화두거각에만 힘을 쓰는 정도는 면하게 됩니다. 그렇게 한 세월 이른바 수좌로 살았습니다. 선열 비슷한 것을 맛보기도 했습니다. 그러다 문득 깨달음이란 무엇인가를 다시 물었습니다. 만약 깨달음이란 것이 신통 같은 것이 열리는 것이라면? 만약 그렇다면, 저는 깨달음 근처에도 가보지 못한 사람입니다.

기도 ― 귀명歸命

어느 날 다른 길이 보였습니다. 다르다고 말했지만, 사실은 이미 있는 길이었고, 그때까지 제가 걸어온 길의 다른 모습이라 해야겠지요. 그 길을 따라 세상으로 나왔습니다. 만약 도를 구하는 길이 따로 있는데 길을 잃었다면 용맹정진을 해서라도 어떻게든 화두와 씨름

했을 것입니다. 그런데 그리하여 화두일념이 성성하고 오매일여의 경계에 이르렀다 한들 그게 무슨 소용이겠습니까. 그 경계에 한사코 머물 수는 없는 노릇입니다. 새가 창공의 자유를 구가하나 그곳에 집을 짓지는 않습니다. 번뇌를 돌이켜 지혜이고, 중생이 부처가 된다고 배웠습니다.

새만금이 묻히고 있었습니다. 강이 더 큰 인공의 강—대운하—에 수몰된다 했습니다. 땅이 땅에 묻혀 숨이 막히고, 물이 물에 빠져 허우적거리는 모습을 차마 지켜보고만 있을 수 없었습니다. 그래서는 더 이상 이 세계를 화장찰해華藏刹海•라고 읊조릴 자신이 없었습니다. 무엇이라도 해야 했지만 제 작은 덕으로는 할 수 있는 일이 없었습니다. 그래도 아주 없지는 않았습니다. 무릎 꿇는 일이었습니다. 참회하고, 빌고, 매달

• 화장찰해(華藏刹海): '화장(華藏)'은 연화장세계의 약칭이다. 『화엄경』에서 말하는, 비로자나불의 행원에 의해 장엄된 세계가 연화장세계다. 찰해(刹海)는 수륙(水陸) 즉 '땅과 바다'를 뜻한다. 따라서 '화장찰해'란 이 세계 전체, 땅과 바다가 그대로 연화장세계라는 말이다.

리는 일이라도 해야 했습니다. 기도였습니다.

저에게 삼보일배, 오체투지는 기도였습니다. 빌고 또 비는 일이었습니다. 무릎을 꿇고 이마를 땅에 붙이고 온몸을 던져 땅의 품에 안기는 일이었습니다. 귀명歸命. 생명의 근원으로 돌아가고자 하는 발원이었습니다.

본시 기도는 내가 하는 것이 아닙니다. '나'의 기도로는 아무리 간절해도 닿을 수 없습니다. 가피라는 것은 나의 성취가 아닙니다. 불보살의 본원력本願力이 발현한 것이기 때문입니다. 그래서 가피는 실로 이루어질 수 있는 것입니다.

어떤 분야든 일가를 이룬 사람들은 '일이 일을 하는' 경지를 체험합니다. 보통 사람들도 일상생활에서 그런 경험을 합니다. 기도도 그렇게 해야 합니다. 그래서 이루어진다면 그것은 나의 기도가 통한 것이 아니라, 불보살님들이 오랜 세월 중생의 안락을 위해 행하여 이룬 '본원의 힘本願力'이 작용한 것입니다. '나'의 기도는, 자신의 원력과 신심을 저울에 올려놓고 불보살님과 겨루자는 것과 다름없습니다.

가피

어느 날 좋은 도반을 만났습니다. 〈세상과 함께〉의 도
반들입니다. 그들은 세상 한 귀퉁이에 작은 학교를 짓
는 일을 공부로 삼는 사람들입니다. 그들이 하는 일에
심부름이라도 하며 또 한 시절을 건넜습니다.

〈세상과 함께〉에서 지은 미얀마의 작은 학교에서
아이들을 만났습니다. 그 아이들이 제게 합장 인사를
하면서 안부를 묻더군요. '밍글라바'라고, '안녕하시
냐'고 말입니다. 아이들은 얼굴 가득 활짝 웃음을 머금
고 있었습니다. 저에게 그 웃음은 '가피'였습니다.

문득 한 생각이 떠오릅니다. 오체투지를 할 때 엄마
를 따라온 아이들은 지금 무엇을 하고 있을까요? 그
아이들은 오체투지를 따라 하기도 했습니다. 그 어린
아이들이 무얼 알았겠습니까. 그저 놀이려니 했겠지
요. 그러나 지금 사회인이 되어 일을 하거나 상급학교
에서 공부하고 있을 그 아이들이 그때를 떠올린다면

분명 활짝 웃을 것입니다. 필시 그 웃음은 대지와의 일체감을 느낀 사람만이 지을 수 있는 웃음일 것입니다. 그 또한 제게는 가피입니다.

공양

〈세상과 함께〉 도반들 덕분에 몇 해 전 『공양』이라는 이름으로 작은 책을 냈습니다. 사람이 산다는 건 어떤 형태로든 '밥'을 구하는 일이고, 그 밥을 먹고 목숨을 이어가는 일은 만 생명에 빚지는 일입니다. 고마워하는 마음으로 먹고, 그 고마움을 보살행으로 되돌리는 것 말고는 달리 감사할 길이 없습니다. 그 뜻을 나누어 보고자 한 것이 『공양』이라는 책을 내게 된 소이였습니다.

불교환경운동은 생명 공양이자 보살도의 실천입니다. 불교의 관점에서 환경은 도구적 대상의 객체가 아닙니다. 절집 말로 하자면 기세간器世間입니다. 이 기세

간을 터전으로 살아가는 유정들의 세계를 중생세간衆
生世間이라 합니다. 기세간과 중생세간이 하나로 포개
진 세계가 우리가 사는 이 세상입니다. 교학적 관점에
따라 다르긴 하지만, 중생의 범주에 산천초목을 포함
시키는 입장에 서면 자연환경은 객체가 아니라 주체
입니다. 인간과 자연은 분리 불가능합니다.

인간과 자연—환경—이 한 몸이라는 인식의 사상적
연원은 '연기법'입니다. 모든 존재는 서로 스며들어 있
다는 연기법에 입각하면 인간과 자연은 공생 관계입
니다. 하지만 그 공생의 존재 양태는 인간만 일방적으
로 이익을 보는 '편리공생'입니다. 그러므로 무조건 고
마워하고 미안해하는 것이 인간의 도리입니다.

자연의 혜택에서 벗어난 인간은 잠시도 존재할 수
없습니다. 그런 의미에서 인간은 분명 자연의 한 부분
이시만 매우 이질적입니다. 그 이질성이 문명의 본질
입니다. 인간의 이질성이 자연에 대한 적대성으로 작
용하기 시작한 기점을 농업혁명과 산업혁명 가운데
어느 때로 봐야 할지는 관점에 따라 다를 터이고 그것

을 따지는 건 학문의 영역이겠지만, 작금의 현대문명이 자연에 대한 극단의 적대성을 보이고 있다는 점은 분명해 보입니다. 유래 없는 폭우와 폭설, 극심한 가뭄 앞에서 인간이 얼마나 보잘것없는 존재인가를 통절히 느끼고도 고작 내놓은 반성의 언사라는 것이 '자연의 역습' 따위인 것만 봐도 알 수 있습니다. 자연은 어떤 의도를 가지고 인간을 공격하지 않습니다. 인간에 대한 호오의 감정 자체가 없습니다. 환경 재앙은 인간에 의한, 인간의 자해 행위의 결과입니다.

인간의 기술이 현재의 환경 위기를 완벽히 극복할 수준으로 발달한다 해도 자연은 근본적으로 인간의 통제 밖에 있습니다. 신의 권능에 맡길 수도 없습니다. 그런 신이 있다 해도 정녕 신이라면 인간을 바꾸는 방식으로 자신의 권능을 발휘할 것입니다. 인간을 신을 닮은 모습으로 만든 것만 봐도 그렇게 짐작할 수밖에 없습니다.

겸손이라는 말도 자연 앞에서는 오만입니다. 미안한 마음으로 참회하는 것이 먼저여야 합니다. 작게 살고,

적게 쓰고, 감사하는 것만이 참회의 길입니다. 그런데 이것이 쉽지 않습니다. 오랜 습관과 전생과 금생의 온갖 업이 뒤엉킨 것이 우리의 삶이기 때문입니다. 그래서 기도가 필요합니다. 소욕지족으로 복덕의 가피를 구하는 기도. 이것이 불교환경운동의 정신적 바탕이어야 합니다.

불교환경운동에서 승가의 역할

불교환경운동의 실천 지침은 따로 설정할 필요조차 없습니다. 6바라밀*, 8정도**로 다 밝혀져 있습니다. 그

• 6바라밀(六波羅密): 대승 보살이 열반에 이르기 위해 실천해야 할 여섯 가지 덕목. 보시, 인욕, 지계, 정진, 선정, 지혜를 아울러 이르는 말이다. 대승불교에서는 부처님의 가르침을 따르는 사람을 모두 보살로 본다. 따라서 6바라밀은 모든 불자들의 종교적, 윤리적 실천 지침이다.

•• 8정도(八正道): 깨달음으로 이끄는 여덟 가지 바른 길. 정견(正見), 정사유(正思惟), 정어(正語), 정업(正業), 정명(正命), 정정진(正精進), 정념(正念), 정정(正定)이 그것이다. 석가모니 부처님이 고행과 쾌락이라는 양 극단을 떠난 수행으로 깨달음을 이루었는데, 그 실천의 길이 중도이고 중도의 내용이 곧 팔정도다.

렇게 살면 됩니다. 그런 삶이 좋은 삶이고 보살행입니다. 그런데 그게 말처럼 쉽지 않지요. 사바를 살아가야 하니까요. 생각 없이 한 세상 살아가는 일도 쉽지는 않습니다. 어느 한 곳, 어느 한때도 녹록지 않습니다.

불교에서는 행위—몸으로로든 마음(의식)으로든 지은 바—를 업(Karma)이라 합니다. 흔히 신身·구口·의意 삼업이라 하지요. 모든 개인이 함께 짓는 업을 공업이라 하고, 개인이 짓는 업을 불공업이라 합니다. 현대 사회에서는 공업과 불공업의 경계가 불분명합니다. 가령 선거에서 특정 후보를 지지하는 것은 개인의 업—불공업—이지만 제도화된 정치 행위로서 선거 자체는 공업이라 할 수 있고 그 과실도 사회 구성원 모두에게 돌아옵니다. 환경문제의 경우 공업과 불공업이 합하여 이루어진 것이지만 결과는 모두가 감당해야 하기 때문에 사회적 업이라고 봐야 합니다. 기차 운행에서 발생하는 환경오염 문제의 책임을 기차 운행 주체와 그 안에 탄 사람들의 몫으로 나눌 수는 없습니다. 자가용의 경우는 불공업이지만 그것들이 일

으킨 오염의 합은 모두가 감당해야 합니다. 환경문제는 공업으로 인식하여야 마땅합니다.

환경문제 해결의 난점은 모두의 문제이기 때문에 아무도 책임지려 하지 않는다는 것입니다. 대규모 자연 파괴가 따르는 개발 사업의 경우 자연은 피해 당사자 자격을 인정받지 못할뿐더러 인간의 언어로 항변할 수도 없습니다. 모두의 문제는 문제 자체가 없는 것으로 치부되기 십상입니다.

환경문제는 공업共業 소산으로서 우리 모두의 책임인 것이 분명합니다. 그런데 문제는 도덕적 책임감이 가득 담긴 '우리'라는 말에 함정이 있다는 점입니다. 환경문제에서 큰 책임을 져야 할 당사자들이 우리라는 이름 뒤에 숨어 버립니다. 사실 국가나 기업의 책임에 비하면 각 개개인의 몫은 미미한 수준입니다. 이를 도외시 하고 우리의 문세로 묶음 처리 하는 것은 국가나 기업에 면죄부를 주는 것이나 다름없습니다. 그럼 어떻게 그들에게 책임을 물어야 할까요? 개인의 힘으로는 불가능에 가깝습니다. 그래서 연대가 중요하지만 한계 또한 분명합니다. 하루하루 생계도 벅찬 사람들에게 환경 운운하는 것은 죄스러운 일입니다. 연대의 손끝이 야무진 시민들에게 번번이 운동가적 희생을 요구하는 것도 염치없는 짓입니다. 그래서 NGO와 종교단체가 필요합니다. 종교단체 가운데서도 불교의 출가 수행자 집단인 승가가 최적임자입니다.

불교의 출가 수행자를 비구라 하는데, 산스크리트어 Bhikṣu를 음역한 말로 그 뜻은 '걸사乞士'입니다. 쉽게 말해서 '얻어먹는 사람'이라는 말이지요. 율장에 의거하면 비구는 어떤 생산 활동도 해서는 안 됩니다. 오로지 걸식으로 목숨을 유지해야 합니다. 요즘도 그렇게 하는 것은 가당치 않지만 그 정신만큼은 지켜져야 합니다.

비구는 세속과 관계를 끊은 출리적 존재입니다. 승가는 출세간 집단입니다. 세상의 이해관계로부터 떠나 있습니다. 생산 관계로부터 '떠남'으로써 세상과 강력히 '결속'됩니다. 승가는 세간의 호의로 사는 사람들의 집단입니다. 율장의 조목 대부분은 세간의 평판이 나빠지지 않게 하기 위한 행동 규범입니다. 승가의 출리성은 생산 행위를 하지 않는 것으로 단단해지고, 그것으로써 세상과 연결됩니다. 비구가 인천사'로서 세상과 하늘의 사표가 될 수 있는 도리가 거기 있습니다.

승가는 정치권력과 자본 권력으로부터 자유로운 집단입니다. 아니, 그래야 합니다. 왕이 와도 자리에서 일어나지 않는 권위가 거기서 나옵니다. 그것을 기대하고 세상 사람들이 승가에 귀의하는 것입니다.

승가는 공동체성이 붕괴된 현대 사회에서 환경문제에 가장 책임이 무거운 사람들에게 개개인을 대신하여 죽비를 내리는 역할을 해야 합니다. 결코 그것이 수행과 무관하지 않습니다. 현대 한국불교는 상구보

• 인천사(人天師): 인간계와 천상계의 중생을 열반의 세계로 이끄는 스승이라는 뜻. 불교에서는 윤회하는 모든 존재를 중생이라 본다. 천신 또한 윤회하는 존재이므로 중생의 범주에 든다.

리上求菩提와 하화중생下化衆生**을 별개인 듯 여겨온 측면
이 있습니다. 저 또한 그런 비판으로부터 자유롭지 못
합니다. 중생이 없으면 부처도 없다는 걸 모르는 승가
구성원은 아무도 없을 것입니다.

기후 위기 같은 환경문제 해결을 위해 승가의 모든
구성원이 환경운동가가 될 필요는 없습니다. 다만 부
처님이 행하신 대로 본분사에 충실하면 됩니다. 사실
절집의 전통적 생활 방식이야말로 환경과 유기적 관
계의 모범이자 중도의 삶입니다. 말 못하는 자연의 편
에 서는 것, 환경 위기에 따른 피해에 취약한 약자 편
에 서는 것, 이것이 제가 아는 중도입니다. 기계적 중
립을 중도라 할 수는 없겠지요. 정치권력과 자본의 힘

•• 상구보리 하화중생((上求菩提 下化衆生): 위로 보리(지혜)를 구하고
아래로 중생을 교화한다는, 대승불교의 수행자가 추구해야 할 이상
을 표현한 말이다. 이러한 이상을 추구하는 수행자가 바로 보살이다.
따라서 모든 대승불교도는 보살이다. 보살로서 우리가 유념해야 할
것은 '상구보리'와 '하화중생'의 상하(上下)를 우열 혹은 선후로 인식
하지 않아야 한다는 점이다. 상구보리에 하화중생이 전제되어 있고,
하화중생에 상구보리가 포함되어 있다고 이해해야 한다. 상구보리와
하화중생은 하나의 길이다.

앞에 무력한 대중의 편에서 싫은 소리 하는 것을 기꺼
워하는 것이 승가의 중도행이어야 합니다. 지금 이곳
을 화엄 세상으로 만드는 일이기 때문입니다. 그것이
보살행이기 때문입니다.

보살행으로서 불교환경운동

성장 신화의 주술과 그것에 사로잡힌 대량 소비는
기후 위기의 파국적 결말을 재촉하고 있습니다. 성장
의 허상은 GDP의 숨은 그림 속에도 감춰져 있습니
다. 기후 변화에 따른 자연재해와 유조선 침몰 같은
인위적 환경 파괴를 복구하는 데 쓴 돈도 그 안에 포
함되어 있습니다. 우리는 숨이 차게 성장한 것 이상
으로 착실하게 실패해 왔습니다. 그것이 기후 위기로
표현되는 환경문제의 본질입니다. 이제는 날라져야
합니다.

　삼보일배, 오체투지를 되돌아봅니다. 단순히 새만금

매립을 반대하고 한반도대운하 사업을 저지하는 일회성 시위 차원이 아니었습니다. 그것만이 목적이었다면 머리띠와 확성기와 현수막으로 족했을 것입니다. 그것만으로도 '우리도 할 만큼 했다'고 자기 합리화의 명분을 만들 수 있었겠지요. 우리는 국가가 앞장서서 벌이는 무지막지한 반생명적 개발 사업으로부터 생명과 미래를 지키고 성장 신화와 물신주의를 성찰하고자 했습니다. 사람의 길, 생명의 길, 평화의 길을 함께 닦아 나가자고 했습니다.

환경 위기는 가속화되는데 이에 대한 감각은 오히려 무뎌지고 있는 것 같습니다. 더 늦기 전에, 더 이상 성장에 연연해하지 않는 삶의 방식을 모색하는 것으로 환경 운동의 방향이 재설정되었으면 좋겠습니다.

문명사적 대전환으로 생명과 평화의 길을 찾지 않으면 인류의 절멸은 시간문제일 뿐입니다. 너무 무책임하지 않습니까. 사실 어렵게 말할 것도 없습니다. 사람이 이렇게 살아서는 안 됩니다.

앞으로의 불교환경운동은, 욕망의 충족에서 행복을 찾는 것이 아니라 복덕구족을 지향하는 좋은 삶, 보살행으로서 자비로운 삶을 위한 기도가 되었으면 좋겠습니다. 그렇다면 과연 무엇이 좋은 삶일까요? 물과 공기조차 자본주의에 지배당하는 세상에서 '자발적 가난' 같이 듣기 좋은 고담만 늘어놓을 생각은 없습니다. '아낄 것' 자체가 없는 사람들도 많은데 '소욕지족'을 말하기도 면구스럽습니다. 하지만 보십시오. '음식 쓰레기'라는 말, 음식 없이는 하루도 살 수 없는 우리 목숨에 대한 모욕입니다. 제가 말씀드리고 싶은 소욕지족은 알뜰한 삶입니다. 정성스러운 삶입니다. 가능하면 대중교통을 이용하고, 재활용하고, 종이컵 안 쓰는 것이 '방생'이라는 인식 정도는 하고 살자는 것입니다. 그렇게 살다 보면 더 좋은 삶, 복과 덕이 구족한 세상이 한 뼘이라도 넓어지겠지요. 우리의 삶과 목숨을 알뜰히 여기는 것, 이것이 제가 생각하는 '복덕구족'의 삶입니다.

번다했습니다. 시은에 감사할 길을 찾지 못해 전전

긍긍하는 늙은 중의 노파심으로 혜량해 주시기를 바랄 뿐입니다.

이 글은 『불교평론』 97호(2024년 봄호)에 실었던 글을 조금 수정한 것이다. 이 글은 애초에 불교환경운동의 방향을 '좋은 삶의 방편으로서 복덕구족을 지향하는 기도로 재설정하자'는 제언의 형식으로 쓴 글이었는데, 『불교평론』의 호의로 먼저 세상에 내놓게 되었다. 이때 『불교평론』에서 메시지의 간명함을 위해 일부 내용을 줄이자 했고, 그 제안이 옳다고 여겨 받아들였다. 그때 빠진 내용이 앞부분의 간화선에 관한 내용인데, 이 책에서는 그대로 실었다. 요즘 명상이나 위파사나를 하는 사람들이 많다기에 그런 분들에게 조금이라도 도움이 될까 싶어 이야기한 수경 스님의 뜻을 살린 것이다. _편집자

어떻게 기도할 것인가?

기도에 대한 오해

불문佛門 안팎을 막론하고 '기도는 하열한 근기의 소유자들이 무턱대고 복 달라고 비는 행위'라고 오해하는 측면이 있습니다. 어떤 사람들은 '불교는 깨달음의 종교이기 때문에 타력적 기도 행위는 본질을 벗어난 것'이라고 말하기도 합니다.

사실 '기복불교'라는 말은 비하적 의미로 쓰이는 경우가 대부분입니다. 여기에는 불교계 밖의 인식이 깊이 개입돼 있습니다. 근대화 과정과 개발 독재 시절

불교계의 현실 참여 즉 사회의 모순이나 비리에 대한 공분과 개선 노력의 부족에 따른 평가가 섞여 있는 것입니다. 수긍할 만합니다. 하지만 이러한 평가는 '기복'의 방향과 내용에 한정되어야 합니다. '기복' 그 자체는 본질적인 신앙 행위이고, 부처님의 가르침에 비추어 봐도 모순되지 않습니다. 불교에서 말하는 복은 복덕福德 즉 자비를 베풀어 덕을 쌓는 것을 말합니다. 지행智行과 겸전해야 할, 깨달음의 세계로 오르는 사다리의 한 축입니다.

'깨달음'에 대한 오해도 기도에 대한 오해를 부추긴 측면이 있습니다. 깨달음이란 어느 한순간에 전광석

관세음보살과 관세음보살을 염하는 사람의 합일.
그것이 삼매입니다.
그 안에 문제 해결의 지혜와 덕이 갖추어져 있습니다.

화처럼 다가와 열리는 신통 같은 것이 아닙니다. 깨닫기만 하면 한걸음에 천 리를 갈 수가 있고, 앉아서 천 리를 보는 눈이 열리는 것이 아닙니다. 물론 수행력이 깊으면 그러한 경지에서 노닐 수 있는지는 모르겠습니다만, 그렇다 해도 그것이 궁극처는 아닙니다. 깨달음이란, 세계의 실상에 대한 통찰입니다. 연기緣起와 공空, 무아無我를 체득하여 일체의 차별상을 여읜 경지에 이르는 것입니다.

만약 어떤 사람이 화두를 타파하여 세계의 실상을 봤다면, 다른 어떤 사람이 일념으로 관세음보살을 염하여 모든 번뇌 망상을 여의고 관세음보살과 한 몸을

깨달음이란 어느 한순간에 전광석화처럼 다가와 열리는
신통 같은 것이 아닙니다.
깨달음이란 세계의 실상에 대한 통찰입니다.

이루어 관세음보살의 눈으로 바라본 세계의 실상과 어떻게 다를 수 있겠습니까.

『능엄경』에서는 염불의 참뜻을, 대세지보살이 초일월광불超日月光佛로부터 들은 바를 석가모니 부처님께 아뢰는 형식으로 이렇게 전하고 있습니다.

세존이시여, (…) "중생이 마음으로 부처님을 기억하고 부처님을 염한다면 현생이나 내생에 틀림없이 부처님을 볼 것이며, 언제나 부처님과 함께하여 어려운 방편을 빌리지 않아도 스스로 참마음을 열 것인즉, 향수를 바른 사람

마음으로 부처님을 기억하고 부처님을 염한다면
현생이나 내생에 틀림없이 부처님을 볼 것입니다.

의 몸에 향기가 있는 것과 같으니라"라고 하셨습니다. 이리하여 저는 처음 발심할 때부터 염불로 깨달음을 이루었고, 그 힘으로 이 세상에서 염불하는 사람들을 거두어 정토로 돌아가게 합니다.

『관음경』에는 이렇게 설합니다.

선남자여, 만약 한량없는 중생이 고뇌를 받을 때에, 관세음의 이름을 듣고 일심으로 염하면 다 해탈을 얻게 되느니라. (…) 이런 까닭에 염하는 순간순간 끊거나 의심하지 말라. 관세음의 맑고 성스러움은 고뇌와 죽음의 상황에서

염하는 순간순간 끊거나 의심하지 말아야 합니다.

도 능히 의지처가 되리라.

『화엄경』에서는 이렇게 말합니다.

　　믿음은 도의 근원이요, 공덕의 어머니다. 믿음은 일체의
　　선법을 기르기 때문이다.

　　기도는 믿음의 적극적인 표현입니다. 강을 건너는 자가 사공을 믿듯이, 아이가 어머니를 무한정 신뢰하듯이, 불보살님께 모든 것을 믿고 맡기는 것이 기도입니다. 원효 스님은 그것을 귀명歸命이라고 했습니다. 원

기도는 믿음의 적극적인 표현입니다.
강을 건너는 자가 사공을 믿듯이,

효 스님은 『기신론소』에서 이렇게 일러 주십니다.

　　귀명이라는 두 글자는 능히 귀의하는 모습이다. 능히 귀
의하는 모습이란 공경하고 순종한다는 것이고, 그 방향으
로 나아가고자 하는 것이다. 명命은 목숨의 근원으로, 모든
기관을 총체적으로 제어하는 것이다. 몸뚱이에 요긴한 것
으로는 오직 목숨이기에 모든 생명체가 중히 여기는 것으
로 이보다 앞설 것은 없다. 이 둘도 없는 목숨을 가지고 가
장 존귀한 분을 받들어 신심의 지극함을 나타내기에 귀명
이라고 한 것이다. 또한 귀명이란 근원으로 돌아간다는 의
미가 있다. 그 까닭은 중생의 육근이 일심으로부터 일어나

아이가 어머니를 무한정 신뢰하듯이
불보살님께 모든 것을 믿고 맡기는 것이 기도입니다.

지만, 그 근원을 등지고 육진六塵으로 분주히 흩어지는데, 이제 목숨을 들어 육정을 모두 수습하여 그 근본 일심의 근원으로 되돌아가게 하므로 귀명이라고 하는 것이다.

나의 전존재를 불보살님께 던져 불보살님과 일체가 되는 것이 기도입니다. 산란한 마음을 거두어 일심불란한 삼매의 경지에서 중생심을 조복 받고 세계의 실상을 바로 보는 것이 기도입니다. 기도의 본질이 이러하거늘, 여기에 타력과 자력이 어디 있으며, 미혹에 가려져 있던 불성을 현전시켜 불보살과 일체를 이룬 마음자리에 행·불행이 또 어디에 붙겠습니까. 기도의 궁극은

나의 전존재를 불보살님께 던져
불보살님과 일체가 되는 것이 기도입니다.

중생심을 부처님의 마음으로 되돌리는 일입니다.

서산 스님께서도 『청허당집』에 이렇게 이르셨습니다.

마음으로는 부처님의 이름을 끊임없이 생각하고, 입으로는 부처님의 이름을 불러 흐트러지지 않게 하라. 이렇듯 마음과 입이 상응하면 한 생각 한 소리에 죄업이 소멸하여 수승한 공덕을 성취할 것이다.

기도의 궁극은 중생심을
부처님의 마음으로 되돌리는 일입니다.

기도 방편은 왜 이리 많은가

대부분 불자들의 일상적 신앙 행위는 예불, 염불, 참회, 송주誦呪, 독경(간경) 등으로 이루어집니다. 그렇다면 기도는 과연 무엇일까요? 일단 이 모든 것을 포괄한다고 봐도 좋습니다. 실제로 대부분의 기도가 그렇게 이루어집니다. 한편으론 염하는 대상에 따라서 관음기도, 지장기도를 행하기도 하고 이외에 화엄성중을 염하는 신중기도, 산왕대신을 염하는 산신기도, 칠원성군을 염하는 칠성기도를 하기도 합니다. 그런데 불보살을 염하거나 부르는 것을 한편으론 '염불'이라고 하고 '수행'이라는 두 글자를 더 붙여 '염불 수행'이라고 합니다. 똑같은 신앙 행위가 어떤 때는 기도가 되고 어떤 때는 염불 수행이 됩니다. 기도와 염불의 개념이 혼재되어 있습니다.

여기 좋은 길잡이가 있습니다. 『기신론』에서는 이렇게 말합니다.

많은 장애가 있기에 더욱 용맹정진해야 한다. 밤낮으로 제불에게 예배하고, 성심으로 참회하고, 권청勸請, 수회隨喜하며 보리에 회향하기를 쉬지 않는다면, 모든 장애로부터

많은 장애가 있기에 더욱 용맹정진해야 합니다.

벗어나고 선근이 더욱 자랄 것이다.

이에 비추어 본다면 기도의 개념은 예경과 참회, 염불, 발원, 회향을 포괄하는 것으로 볼 수 있습니다. 염불은 예불 의식과 기도의 핵심이 되겠지요.

개인적으로 저는 기도라는 말이 신도들의 보편적 신행에 부합한다고 생각합니다. 더욱이 현재의 인류 문명은 오만의 극한으로 치닫고 있습니다. 인터넷은 이미 바벨탑과 다를 바 없습니다. 특정 종교를 불문하고 현 인류에게 가장 필요한 덕목은 하심下心입니다. 불자들도 '깨닫기만 하면 너도 나도 부처'라는 태도가

부처님께서 이루신 깨달음의 삶을 살아 내는 것이
절실한 때입니다.

아니라, 부처님께서 이루신 깨달음의 삶을 살아 내는 것이 절실한 때입니다. 진정으로 자신을 낮추고, 작게 살면서 자연과 조화를 이루고, 인간의 불완전성과 유한성을 성찰하는 자세가 그 어느 때보다 필요한 시대입니다.

어떻게 기도할 것인가?

이 자리에서 요점 정리식 기도법에 대한 얘기를 하고 싶은 생각은 없습니다. 다만 말하고 싶은 것은 간절함

진정으로 자신을 낮추고, 작게 살면서 자연과 조화를 이루고,
인간의 불완전성과 유한성을 성찰하는 자세가
그 어느 때보다 필요한 시대입니다.

입니다. 그리고 진솔함입니다. 염불이든 참회든 주력이든, 있는 그대로 자신의 삶을 응시하면서 참회와 발원과 회향을 통해 불보살님께 다가가야 합니다. 여기서 말하는 회향은 보살행을 일상의 차원에서 실천하자는 뜻입니다.

지금 우리에게 필요한 것은 교범과 같은 기도법이 아닙니다. 그런 건 넘칠 정도로 많습니다. 오히려 문제는 편의점에서 물건 고르듯이 이 기도법 저 기도법, 이 염불 저 염불로 허송하는 것입니다. 제불보살 가운데 어떤 분을 대상으로 예경하고 염하고 참회하든 궁극처는 하나로 통합니다. 지장기도의 성취와 관음기

염불이든 참회든 주력이든, 있는 그대로 자신의 삶을 응시하면서
참회와 발원과 회향을 통해 불보살님께 다가가야 합니다.

도의 성취가 다르다면 부처님이 설하신 45년간의 장광설은 헛말이 되고 맙니다.

기도의 제요소, 즉 예불과 참회, 염불의 우열을 따지지 말라는 것입니다. 이런 요소들은 하나입니다. 가령 진실로 부처님께 정례를 올린다면 참회와 염불과 회향이 함께 이루어질 수밖에 없습니다. 중요한 것은 간절함입니다. 격식을 알아야겠다면 불보살님의 이름을 부르는 칭명稱名 염불, 불보살님의 모습을 보며 닮고자 하는 관상觀像 염불, 부처님의 덕상을 마음속에 새기는 관상觀相 염불, 세계의 실상을 통찰하는 실상實相 염불 정도만 알면 됩니다. 어떤 염불이든 지극하면 실상을

예불과 참회, 염불의 우열을 따질 수는 없습니다.
한 믿음의 다른 모습이기 때문입니다.

체득하게 될 것입니다.

운서 주굉 스님께서 쓴 『죽창수필』을 보면 선승과 염불승이 다투는 걸 보고 "두 분의 말씀은 모두 판자를 짊어지고 가는 격이어서 한쪽밖에 보지 못했습니다" 하고 말한 소년의 얘기가 나옵니다. 선과 염불이 서로 우열을 다투는 걸 은근히 꾸짖는 것이지요. 같은 책에 다음과 같은 운서 주굉 스님의 말씀이 있습니다.

염불은 한결같이 닦아야 한다. 수명을 빌기 위해서 『약사경』을 외다가, 업장을 풀기 위해서 『양황참梁皇懺』을 읽

어떤 염불이든 지극하면 실상을 체득하게 될 것입니다.

고, 액난을 면하기 위해서 『소재주消災呪』를 외고, 지혜를 구하기 위해서 『관음문』을 읽고 하면서, 전에 하던 염불은 꽁꽁 묶어 높은 다락 속에 처박아 두고 아무짝에도 쓸모없는 것처럼 여기는 일이 다반사이다.

예나 지금이나 사람 사는 모습은 크게 다르지 않은가 봅니다. 원효 스님의 『발심수행장』에 나오는 다음 구절로 이야기를 마칠까 합니다.

절하는 무릎이 얼음 같을지라도 불을 그리는 마음이 없으며

염불은 한결같이 닦아야 합니다.

주린 창자가 끊어질 듯하여도 마음속에 밥을 구하는 생
각이 없노라.

拜膝如水無戀火心

餓腸如切無求食念

바로 이것입니다. 기도의 요체는 간절함입니다.

Ⅱ 기도문

이 책의 기도문은 수경 스님이 화계사 주지 소임 때 화계사 대중들과 기도하면
서 송독한 것들입니다. 당시 화계사 대중의 원력이 담긴 기도문이므로 글 말미
에 '화계사 주지 수경'이라고 쓴 그대로 살려 실었습니다. _편집자

화계사 관음기도 발원문

관세음보살님이시여!
천 개의 손으로
온 생명을 거두시고,
천 개의 눈으로
온 생명의 고통을 살피시는
관세음보살님이시여!

지심으로 귀명하오니
오늘 우리들의 기도가
관세음보살님의 대비 원력과 하나 되어,

관세음보살님이 들으시고
관세음보살님이 살피시는 모든 것을
저희들이 돌이켜 듣고
돌이켜 볼 수 있기를
간절히 발원하옵나이다.

관세음보살님이시여!
우리들의 한숨과, 회한과, 절망과, 눈물이
관세음보살님의 원통삼매 속에서
꿈과 희망으로 피어나기를
간절히 바라옵나이다.

관세음보살님이시여!
간절히 바라옵나니,
오늘 우리들의 기도가
온전히 관세음보살님의 대원경지로 들어서는
가피가 되게 해 주시옵소서.

관세음보살님이시여!

부처님께서 이르시기를,

"만약 무량 백천만억 중생이 온갖 고뇌를 받는다 해도

일심으로 관세음보살을 부른다면

관세음보살이 그 음성을 알아듣고

고뇌에서 풀려나게 하리라.

관세음보살의 이름을 마음속에 간직하고 있는 사람은

불 속에 들어가도 타지 않고,

망망대해에 표류한다 해도 곧 얕은 물에 닿게 되며,

처형을 당할 처지에 놓여도 칼이 부러지고

도둑을 만나더라도 능히 침범을 당하지 않으리라.

관세음보살마하살의 위신력이란 이와 같으니라"

하셨습니다.

관세음보살님이시여!

오늘 관세음보살님께 귀의한 우리들은,

관세음보살님의 대비 원력이 바로

관세음보살마하살의 위신력이란 것을 알겠사옵니다.

이제부터 우리는

일심으로 관세음보살님을 부르고

일심으로 관세음보살님의 이름을 마음속에 간직하
겠사오니

우리들의 일거수일투족이 관세음보살님의 현시顯示
이기를

간절히 바라옵나이다.

우리들의 자비행이 곧 보문시현普門示現이 되어

우리 사는 이곳을 온 생명이 평화로이 살아가는

안락국토로 가꾸어 갈 수 있도록 가피해 주시옵소서.

관세음보살님이시여!

그동안 우리는

이웃의 고통을 보고도 못 본 척

들어도 못 들은 척

눈과 귀를 닫고 살아 왔사오나

내가 고통에 처해서야

비로소 관세음보살님을 찾았사옵니다.

관세음보살님이시여!

부처님께서 '나我'라고 할 것이 없다 하신 것은

내가 살아 갈 수 있는 힘이

수많은 사람과

수많은 생명의 은덕에서 비롯되는 것임을

사무쳐 알게 되어

나는 너

너는 나인 도리를

관세음보살님의 원통삼매 속에서

온몸 온 마음으로 시현하게 해 주시옵소서.

관세음보살님이시여!

일심으로 관세음보살님을 부르며 발원하오니

관용과 베풂으로써 '탐욕'을 다스리고

겸손과 자비로써 '분노'를 다스리고

정직과 진실로써 '어리석음'을 다스릴 수 있기를

대원大願과 대비大悲의 덕德으로 가피해 주시옵소서.

관세음보살님이시여!

세상의 인심이

날로 각박해지고 있습니다.

눈물 나는 세상을 눈물로 살아가는 사람은 눈물조
차 말라 가고

눈물 나는 세상을 차갑게 살아가는 사람은 눈물의
의미조차 잊어버리고

잘사는 사람 못사는 사람

배운 사람과 못 배운 사람

권력을 가진 사람들과 그렇지 못한 사람으로

분열하고 있습니다.

이런 세상에서는

원망과 불안, 질시와 반목, 근심과 공포로 인하여

누구도 행복할 수 없다는 것을 알게 해 주시옵고

관세음보살님의 대비의 눈과 원통의 손으로 가피해

주시옵소서.

관세음보살님이시여!

지심으로 발원하옵나니

'보시'로써 따뜻한 세상을

'지계'로써 정의로운 세상을

'인욕'으로써 평화로운 세상을

'정진'으로써 성숙된 세상을
'선정'으로써 맑은 세상을
'지혜'로써 밝은 세상을
만들어 가겠사옵니다.

관세음보살님이시여!
간절히 바라옵건대
우리들의 원이
관세음보살님의 대비 원력과 하나 될 수 있도록
'복'과 '덕'으로 가피해 주시옵소서.

나무 관세음보살
나무 관세음보살
나무 대자대비관세음보살.

2008년 겨울
화계사 주지 수경이
대비성자 구세대사 관세음보살님께
일심으로 귀명하옵나이다.

수험생을 위한 발원문

우러러 바라옵나니,
만중생의 원과 고통을 낱낱이 살피시는
관세음보살님이시여!

지금 이 땅에는
수많은 꽃망울이
저마다의 꿈을 위해
불면의 밤을 지새우고 있습니다.
간절히 바라옵건대,
이들이 맞이하는 순간순간이

손가락 사이로 빠져나가는 모래처럼 흐르지 않기를,
이들이 맞이하는 순간순간이
청하지 않은 손님처럼 다가오지 않기를,
그리하여 이들이
모든 근심과 불안으로부터 벗어나
온전한 지혜와 복을 일굴 수 있도록
굽어살피소서.

관세음보살님이시여!
우리의 아이들이 당신을 부르면
언제나 너는 혼자가 아니라고 대답해 주시옵소서.
그리하여 이들이
속절없이 보낸 시간 때문에 한숨짓지 않고
한 글자 한 글자에 집중할 수 있게 해 주시옵소서.
그것이 바로 기도이고
그것이 바로 그들의 꿈을 이루게 하는
비밀스런 주문임을 알게 해 주시옵소서.

관세음보살님이시여!

우리의 아이들에게,

'지금 당장 무언가를 하지 않는 것',

그것이 바로 불안의 원인임을 알게 해 주시옵소서.

숲속의 작은 풀싹이

안간힘으로 햇빛을 거두어 꽃을 피울 때,

온 숲이 환해지고

그 빛은 태양 빛과 조금도 다르지 않다는 것을

일깨워 주시옵소서.

그리하여 우리의 모든 아이가

자신들이 얼마나 소중한 존재인지를 깨닫게 해 주시옵소서.

관세음보살님이시여!

혹여 우리의 아이들이

좌절의 한숨을 짓거든,

'그래, 바로 그것이 네가 아직 꿈을 꾸고 있는 증거'
라고,

이번에는 조금 장난스럽게 맞장구를 쳐 주시옵소서.

그리하여 우리의 아이들이

미래에 대한 막연한 불안으로부터 벗어나,

다가오는 순간순간이

자신의 보배창고임을 알게 해 주시옵소서.

관세음보살님이시여!

이제 얼마 남지 않은 길을 가다가

털썩 주저앉는 아이가 있거든,

'그래, 지금까지 온 것만으로도 장하다'고 어깨를 두

드려 주시옵고,

'네가 지금까지 한 것만으로도 세상의 빛이 되었다'

고 말해 주시옵소서.

그리하여 우리의 아이들이,

사람이 하는 크고 작은 모든 일들이

자신만을 위한 일이 아님을 알게 해 주시옵소서.

관세음보살님이시여!

이제 시간이 얼마 남지 않았습니다.

간절히 바라옵건대,

천 개의 손으로 어루만져 주시고

천 개의 눈으로 굽어살피셔서,

단 한 명의 아이도

꿈과

희망과

용기를 잃지 않고 자신의 길을 가게 해 주시옵소서.

그리고 그 모든 길마다

무엇과도 비교될 수 없고

무엇과도 바꿀 수 없는

소중한 가치가 있다는 것을 깨닫게 해 주시옵소서.

그리하여 우리의 아이들이 감내해야 할 시련의 나
날이

희망의 기도가 되게 해 주시옵소서.

나무 관세음보살,

나무 관세음보살,

나무 대자대비 관세음보살.

모든 수험생을 위해
화계사 주지 수경 합장

타태아기 영가천혼 기도문

피지 못한 꽃, 타태아기 영가들이여!
영가들을 위해 이제 천혼의 기도를 올리나니,

온 우주에 가득한 생명의 이름으로,
부처님 자비의 화신으로 이 땅에 온 모든 어머니의
이름으로,
대자대비하신 부처님께 참회의 기도를 올리나니,
그대 가녀린 영혼들이여!
부디 부처님의 품에서 영원한 열반의 기쁨을 누릴
진저.

타태아기 영가들이여!

천상에는 천상의 길이 있고

세상에는 세상의 길이 있나니,

하늘의 해와 달과 수많은 별이 다 정해진 길을 가듯이

그대들 또한 인간의 몸으로 태어나 지상에서 행복
을 누려야 마땅했으나,

애석하고 또 애석하게도 그대들은 피어 보지도 못
하고 스러졌느니.

모진 세상 탓을 해 봐도,

병약한 몸과 불행한 인연을 한탄해 봐도,

한순간 잘못된 생각과 행동을 통탄해 봐도,

이제는 돌이킬 수 없는 후회의 눈물뿐이로다.

하지만 영가들이여,

그대들의 길은 이제 우리와 다를지니,

한순간이라도 빨리 이승에 대한 미련을 거두고,

육도윤회의 사슬에서 벗어나,

영원한 열반의 기쁨을 누릴진저.

대자대비하신 아미타 부처님이시여!

자식 잃은 어미의 눈물로 기도하옵니다.

저 가엾은 영가들을 굽어살펴 열반의 길로 인도하옵소서.

부처님의 자비 광명으로 빚어진 삼각산 화계사에서,

세상 모든 타태아기 영가들의 천도를 위해 모인 발원 재자들은

간절한 참회의 눈물로 기도드리옵니다.

오늘 우리들의 눈물이

이승을 떠나야 할 영혼들에게 장애가 되지 않도록,

감히 바라옵건대,

우리의 눈물을 감로로 바꾸어 주옵소서.

거듭 바라옵건대,

부처님의 자비로 오늘 우리들의 참회가 단이슬로 화하여,

모든 불행한 이웃들과 전쟁과 기아의 공포에서 헤매는 인류와

배우지 못하고 가진 게 없어서 곤란한 형편에 처한

선량한 사람들과
인간의 탐욕으로 시름하는 온 생명들을 살리는
거룩한 생명의 기운이 되게 해 주옵소서.

대자대비하신 아미타 부처님이시여!
부디 아무런 죄 없는 타태아기 영가들을
아미타부처님의 품으로 인도하옵소서.
그들이 부르는 열반의 노래가 모든 유정과 무정,
모든 산자와 죽은 자들을 극락으로 인도하는
평화와 생명의 다리가 되게 하옵소서.
이제 우리들은 부처님의 자비와 지혜의 가피로
생명의 노래를 부를 것입니다.
보시의 바라밀,
지계의 바라밀,
인욕의 바라밀,
정진의 바라밀,
선정의 바라밀,
지혜의 바라밀을 행하는
보살의 길을 걸을 것입니다.

나무 아미타불,

나무 아미타불,

나무 아미타불.

타태아기 영가 천도를 위한 기도를 하면서
삼각산 화계사 주지 수경 합장

Ⅲ 오체투지

오체투지의 길을 떠나며

세상에서 가장 낮은 자세로
이 땅의 품에 안기고자 합니다.
세상에서 가장 낮은 자세로
생명의 근원으로 돌아가고자 합니다.
온 숨을 땅에 바치고,
땅이 베풀어 주는 기운으로만 기어서 가고자 합니다.
그리하여 나의 '오체투지'가
온전히 생명과 평화의 노래가 되었으면 좋겠습니다.

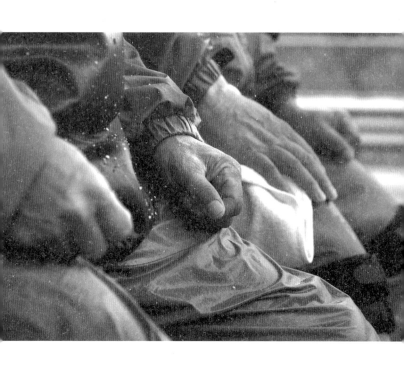

기도란 세상 속으로 스며드는 일입니다.

사람이 서서 걷기 시작하면서

'문명'이 시작되었습니다.

눈으로는 더 넓게 더 멀리 세상을 볼 수 있게 되었고,

손으로는 원하는 모든 것을 가질 수 있게 되었습니다.

하지만 그것과 반대로

무릎을 굽히고,

머리를 숙여

온몸을 땅에 붙이고 기어서 가고자 합니다.

그리하여 나의 '오체투지'가

생명의 바다를

평화로이 떠다니는 일이 되었으면 좋겠습니다.

'오체투지'는

인간다움의 표상인 '직립'에 반하는 일입니다.

직립은 인간을 다른 동물과 구별 지었고

인간으로 하여금 스스로

'만물의 영장'이라고 부르게 했습니다.

하지만 인간은 '만물의 폭군'이기도 합니다.

인류의 역사가 그것을 증언합니다.

인간에게 가장 위협적인 생명체도 '인간'입니다.
'인간은 만물의 영장'이라는 말 속에는
'지구상에서 가장 모순된 생명체'라는 의미도
숨겨져 있습니다.
'생명의 질서'를 거스르는 유일한 생명체가
인간입니다.
그리하여 나는 인간의 걸음에 반하는
'오체투지'에서
'사람의 길'을 찾으려 합니다.

'사람의 길'이라는 것이 과연 무엇일까요?
만물을 지배하는 데서 '사람다움'을 찾으려 한다면,
인간의 폭력성을 무한 승인하지 않을 수 없습니다.
그것으로 인간의 위대성을 인정받으려 한다면
유사 이래 인간이 저지른 무수한 폭력과 전쟁에
정당성을 부여하는 것과 마찬가지입니다.
사람의 사람다움은
'생명의 실상'을 통찰하는 데서 찾아야 합니다.
부처님께서 깨달으신 바도 '생명의 실상'입니다.

기도란 진정으로 자신을 사랑하는 법을 배우는 일입니다.

이것이 있음으로써 저것이 있고,

저것이 있음으로써 이것이 존재할 수 있는

만유의 실상을 통찰하신 것입니다.

그것이 바로 연기緣起와 공空입니다.

아무것도 없어서 '공'이 아니라

고정된 실체로서 존재하는 것이 없기 때문에

'공'입니다.

나는 '땅'과 '물'과 '태양'

그리고 '바람'으로부터 비롯되었습니다.

그리하여 나와 만물은 '한 몸'입니다.

사람의 사람다움은 이웃과 자연을 내 몸처럼 여기고

부처님으로 공경하는 데서 찾아야 합니다.

하지만 그것이 어렵습니다.

이치가 어려운 것이 아니라

옳은 줄 알지만 기꺼이 실천하기가 어려우니

실로 어렵고도 어려운 일입니다.

그래서 '참회'와 '기도'가 필요한 것입니다.

이리하여 나의 '오체투지'는 참회와 기도입니다.

기도란 세상에서 가장 낮은 자세로 세상을 우러러보는 일입니다.

* * *

절집 밥을 축낸 지도 40년이 넘었습니다. 돌이켜보
건대 수행자답게 잘 살았다고 말할 자신이 없습니다.
그런데 벌써 나이가 벼슬인 때가 되고 보니 이런저런
대접을 받을 일도 많아졌습니다. 만약 이런 삶을 그냥
수용한다면 수행자로서 나의 삶은 끝입니다. 한 인간
으로서도 허망한 삶입니다. 그리하여 나는 '오체투지'
의 길을 갑니다. 지난 시절을 되돌아보며 수행자로서
나의 삶을 반조할 것입니다. 이리하여 나는 환계還戒의
심정으로 '오체투지'를 합니다. 다시 부처님께 계를 바
치고 초심으로, 자연으로 돌아가고자 합니다.

계율로부터 자유로워졌다거나 자유로워지고 싶다
는 의미의 '환계'가 아닙니다. 진정 '계체'를 얻을 수
있기를 발원하는 것입니다.

출가자라 하여 마냥 세상의 시비분별로부터 물러나
있을 수는 없습니다. 오히려 그 반대여야 합니다. '번
뇌의 진흙탕'이 바로 '보살의 정토'라고 했습니다. 목

숨을 부지하는 한 누구도 세상의 선악 시비 분별로부터 자유로울 수는 없습니다. 다만 거기에 휩쓸리지 않아야 합니다. 그래야만 조사님들이 일깨워 주신 바, '번뇌가 보리'인 이치를 체현할 수 있습니다. 하지만 나는 알게 모르게 '번뇌가 보리'라는 가르침을 치열하지 못한 삶의 변명으로 삼으며 제불조사님들을 욕되게 하기도 했습니다. 그래서 나는 '오체투지'의 길을 나섭니다. 만물을 길러내는 어머니 대지의 품에 온몸과 마음을 던지고 또 던져, 번뇌의 한가운데서 평화로울 수 있는 생명의 길을 찾고자 합니다.

* * *

사람들이 세상사에 시름겨워하고 있습니다. 나의 '오체투지'가 이들을 위해 과연 무엇을 할 수 있을까요. 나는 나의 기도가 세상을 바꿀 수 있으리라고 생각하지 않습니다. 다만 나를 바로 세울 수 있기를 간절히 발원할 따름입니다. 세상을 제대로 보고 사물을 제대로 판단할 수 있는 사람으로 바로 서는 계기가 되

기도란 한없이 자신을 낮추는 일입니다.

어서 내가 변한 만큼이라도 세상이 변하고, 나와 인연이 닿는 생명들과 선한 기운을 나누어 평화의 싹을 틔울 수 있으면 좋겠습니다.

세상에서 가장 힘겹고 외로운 누군가가, 땅바닥에 엎드려 자신과 같이 어깨를 들썩이는 걸 알고 작은 위안이라도 얻었으면 좋겠습니다.

나라의 사정이 어렵습니다. 살림살이가 어려우니 몸이 고달파지고 민주주의가 위협받으니 인간의 존엄이 상처를 받습니다. (이명박) 정부의 권위주의적 국정 운영 방식이 민주주의와 생태, 인권의 위기는 물론 종교 간 계층 간 대립까지 부추겨 국민 통합을 해치고 있습니다. 한마디로 위기 국면입니다. 그런데 가만히 지난날을 돌이켜보면 위기가 아닌 적이 없었습니다. 더 큰 위기가 위기를 덮어 버리는 식으로 위기를 넘겨 온 것입니다. 어쩌면 위기를 위기로 냉정하게 바라보는 인식의 부재가 더 큰 위기인지도 모릅니다.

타성적인 위기 인식으로는 위기의 근본 원인을 해결할 수 없습니다. 사실 우리 모두는 근본적으로 위기를 해결할 길이 무엇인지를 다 압니다. 마땅히 가야 할 길이 어디인지를 알지만 그 길을 가지 않을 뿐입니다.

대통령답게, 기업가답게, 국회의원답게, 공무원으로서 공복답게, 공권력으로서 경찰답게, 종교인으로서 신부는 신부답게 목사는 목사답게, 수행자로서 스님네들은 스님답게…, 사회 구성원 모두가 자신의 길을 걸어가지 않기 때문에 혼란이 생깁니다. 모두들 자신의 직분답게 가야 할 길이 무엇인지는 스스로 잘 알 것입니다. 다만 아는 대로 그 길을 가지 않는 것이 문제입니다. 그래서 나는 나의 길을 제대로 가기 위해 '오체투지'를 합니다.

나의 '오체투지'가 '생명의 실상'을 바로 보고 '평화의 길'을 찾아가는 '사람의 길'을 한 뼘이라도 넓히는 일이 될 수 있기를 간절히 발원합니다.

'생명의 길'을 가겠습니다.
'평화의 길'을 가겠습니다.
부처님께서 열어 보이신

'사람의 길'을 가겠습니다.

불기 2552년 9월 2일
만생명의 평안을 기원하면서
수경 합장

기도란 서로를 공경하는 일입니다.

만사가 '기도'여야 합니다

도반 여러분!

지난 몇 년간은 참으로 감당하기 힘든 혼돈의 시간이었습니다. 한반도 대운하 논란 속에서 정권이 바뀌었고, 광우병 파동으로 촉발된 촛불집회는 한국 민주주의의 새로운 가능성을 열어 보인 듯했습니다. 그러나이명박 정부의 소통 거부로 인해 좌절을 맛보아야 했습니다. 이러한 혼돈의 시간이 흐르는 가운데 저는 한반도대운하 백지화를 위한 순례에 나섰고, 촛불 이후에는 지리산에서 계룡산까지 오체투지로 이 땅의 품에 안기는 기도의 시간을 가졌습니다.

기도란 상대를 섬김으로써 서로를 높이는 일입니다.

거창한 명분이나 목표가 아니라, 부처님을 스승으로 모신 사람으로서 마땅히 가야 할 길이라고 믿었기 때문입니다. 먼저 나 자신을 살피는 일이 절실했습니다. 이 과정에서 땅이 저에게 들려주고 일깨워 준 바가 적지 않습니다. 해서 그것에 대한 소회를 조금 밝힐까 합니다.

흔히 사람들은 세상에서 가장 비천한 곳을 이를 때 '땅바닥'이라는 말을 가져다 씁니다. "권위가 땅바닥에 떨어졌다"느니 하는 표현이 그렇습니다. 그런데 그 땅바닥을 기어 보니 생명과 세계의 실상이 뚜렷해지더군요. 범凡과 성聖이 따로 있는 게 아니었고, 유정有情과 무정無情의 경계 또한 본래 없는 것이었습니다. 지렁이의 시선으로 세상을 바라보는 순간, 나와 지렁이의 경계는 무의미했습니다. 땅바닥이라는 무정이 일체 유정을 품고 있었습니다.

부처님께서는 "무정물에도 불성이 있다" 하셨습니다. "돌맹이 하나에도 불성이 깃들어 있다" 하셨습니다. 생명 없는 것들에서 '생명'의 가치를 발견하신 것

기도란 함께 가는 일입니다.

입니다. 이것이야말로 참으로 위대한 통찰입니다. 사실 알고 보면 아주 평범하고 쉬운 가르침입니다. 화두 타파하듯이 깨쳐 알아야 할 일도 아니고, 선방에서 몇 안거를 해야 비로소 알 수 있는 일도 아닙니다. 보십시오. 엄동에 우리를 지켜주는 것은 차디찬 콘크리트 더미입니다. 그것이 없으면 어떤 난방 시설도 소용이 없습니다. 생명 없는 것이 생명을 지켜 주고 있는 것입니다. 이 세상에 생명 아닌 것은 없습니다. 이것이 생명의 실상입니다. '주'와 '객'이 따로 있을 수 없습니다. 인간의 뜻대로 함부로 다루어도 되는 것이나 마음대로 파헤쳐도 좋을 곳은 어디에도 없습니다. 그런데 어찌 산과 강을 멋대로 할 수 있겠습니까.

땅을 기면서 나는, 한 생명체로서 나의 생각과 행위가 '기도'로 귀결돼야 한다는 것을 절감했습니다. 기도는 부처님으로부터 들은 바, 배운 바를 지켜나가는 길이자 자신의 행위를 생명의 실상에 계합시키는 일입니다. 불자라면 모름지기 말하고 행하는 모든 것이 기도가 되게 해야 합니다. 사회적 불의에 침묵하지 않는 것도, 자연을 보살피고 지켜나가는 것도 기도입니다.

기도란 저마다 가야 할 길을 공손히 가는 일입니다.

생명의 실상에 비추어 왜곡된 현상을 원상으로 되돌려 놓는 일이기 때문입니다.

　도반 여러분.

　환경운동의 길에서 작으나마 구실을 하면서 자주 듣게 되는 소리가 '인간중심주의'입니다. '인간'이 문제라는 것이지요. 옳은 말입니다. 자연의 입장에서 보자면 '인간' 그 자체가 문제이지요. 그런데 우리에게 더 큰 문제는 죽는 날까지 인간으로 살 수밖에 없다는 사실입니다. 그렇다면 환경운동을 포함한 불교의 사회적 실천이 좀 더 인간적일 필요가 있습니다. 결코 역설적인 얘기가 아닙니다. 인간을 둘러싼 1차적인 환경은 인간입니다. 당장 우리의 근현대사를 보십시오. 이승만 정부에서 현재의 이명박 정부에 이르기까지 집권 세력의 성격에 따라서 삶의 환경은 달랐습니다. 심각한 왜곡이 거듭됐고 더 이상 지켜볼 수 없는 상황에 부딪히면 대중이 떨치고 일어났습니다. 대중의 저항과 희생으로 이 정도로나마 세상을 지켜 온 것입니다. 그것은 '생명의 질서'를 되찾는 일이었습니다. 불교의 사회적 실천이 지향해야 할 바가 바로 그것입니다.

불교의 모든 사회적 실천은 '기도'여야 하고 '신행'이어야 합니다. 삶과 믿음이 분리될 수 없듯이, 불교의 사회적 실천과 신행은 분리될 수 없습니다. 불자의 행은 마땅히 육바라밀이어야 하고, 팔정도여야 합니다. 사람살이를 생명의 질서에 계합시키는 일이어야 합니다. 가령 우리가 물을 아껴 쓴다고 할 때, 그것은 나보다 더 물이 필요한 사람을 위한 '보시'일 수 있습니다. 자연 속에서 내 멋대로 하지 않는 것이 '인욕'이고, 한반도대운하 같은 거대한 파괴의 구상을 묵과하지 않는 것이 '지계'입니다. 함부로 허물지 않는 것이 '정진'이고, 자연과 사람 사이의 조화로운 관계 속에서 진정 행복을 느낄 줄 아는 것이 '선정'입니다. 당장 편하자고 미래의 자원을 고갈시키지 않는 것이 '지혜'입니다.

개인 차원의 신행이든 사회적 실천이든 불자로서

기도란 따스한 손입니다.

추구하는 가치와 행위는 기도여야 하고 귀의여야 합니다. 부처님처럼 살겠다는 다짐이어야 합니다.

미국의 금융 파탄으로 야기된 세계 경제의 위기가 우리의 실물 경제에도 커다란 위협이 되고 있습니다. 서민들은 그 어느 때보다 혹독한 겨울을 견뎌 내기 위한 외투를 준비해야 합니다. 사정이 이러한데도 기득권층과 집권 세력은 경기 회복을 구실로 무분별한 대형 개발 사업을 벌이고 있습니다. 과거의 경험으로 보듯이 개발 이득은 '빈부 양극화'의 간격을 더 벌려 놓는 역할을 할 것입니다. 거리에 넘치는 노숙자들을 못 본 척하는 것으로 나의 행복을 추구하는 데는 한계가 있습니다. 이것을 바로 볼 줄 아는 것이 지혜입니다.

거듭 말씀드리건대 불자로서 모든 행위는 수행과 기도, 귀의와 염불이어야 합니다. 현실의 모순을 바로잡고, 인간관계의 건강성을 회복시키고, 자연과의 조화를 이루는 보살행이어야 합니다.

다시 오체투지의 길을 떠나면서
화계사 주지 수경 합장

기도란 세상에서 가장 작은 생명의 소리에 귀 기울이는 일입니다.

기도란 옳고 선하고 아름다운 길을 찾아가는 일입니다.

만사가 기도여야 합니다.

수경 스님

불교환경연대 상임대표, 화계사 주지 역임.
현 (사)세상과함께 한주.